恐怖箱

煉獄怪談《れんごくかいだん》

雨宮淳司
＋
戸神重明

竹書房文庫

※本書に登場する人物名は、様々な事情を考慮してすべて仮名にしてあります。また、作中に登場する体験者の記憶と体験当時の世相を鑑み、極力当時の様相を再現するよう心がけています。現代においては若干耳慣れない言葉・表記が登場する場合がありますが、これらは差別・侮蔑を意図する考えに基づくものではありません。

※本書の実話怪談記事は、恐怖箱 煉獄怪談のために新たに取材されたものなどを中心に構成されています。快く取材に応じていただいた方々、体験談を提供していただいた方々に感謝の意を述べるとともに、本書の作成に関わられた関係者各位の無事をお祈り申し上げます。

異形制作／怪獣ショップてつ

巻頭言

箱詰め職人からのご挨拶

加藤 一

本書「恐怖箱 煉獄《れんごく》怪談」は、二人の実話怪談作家による実話怪談競作集である。

一人は南の異才、雨宮淳司。

地元北九州では現役看護師として医療の現場に身を置きながら、怪異を紡《つむ》ぐ。

今一人は東の俊英、戸神重明。

地元群馬を拠点に、怪異を聞き重ねて地に足が着いた幾多の奇談をかき集める。

彼らの日常は、繰り返す日々の営みの合間に酒場や街中のコミュニティに身を置いて、異聞に耳を欹《そばだ》てることに費やされている。

生まれも育ちも怪談に魅入られることになった由縁も、全く違う二人。体験談を聞き重ね、それを綴《つづ》る筆を揮《ふる》う。それをしてこなければ出会うことさえなかった二人。

その二人が、秋冬春夏の死期――四季折々に出会った怪異譚《たん》を、それぞれ持ち寄った。溢《あふ》れかえるような人と怪異の出会いの日々。

今から語られる怪異談は、水先案内人《ダンテ》たる二人の作家の得た煉獄の旅路の追体験でもある。あなたが無事、煉獄を抜け出ることができるかどうかは、神のみぞ知る。

目次

霧立ち昇る秋の……

群馬県在住の内山さんは、九月下旬に仕事で遠方へ出掛けた。彼がトラックを運転し、会社の後輩が助手席に乗っていた。一泊二日の仕事を終え、群馬への帰り道、東京から高速道路に乗って走っていると、霧が出てきたという。

秋の夕暮れが近づいていたものの、辺りはまだ十分に明るいはずであった。しかし、埼玉県内で霧が濃くなり、視界がかなり悪くなってきた。そのせいか、内山さんは三半規管がおかしくなったように感じた。

フォグ・ライトを点灯させて、七十キロくらいまで速度を落とす。

すると……。

前方の真っ白な濃霧の中から、自衛隊員らしき服装をした男達が現れ、匍匐《ほふく》前進で道路を横切り始めたのである。全部で十数名はいただろう。しかも生身の人間ではなく、フィギュアが等身大になったもののように見える。顔や身体付きが作り物らしく、動きも何処かぎこちなかった。

内山さんは驚きのあまりブレーキを踏み損なったが、走行中のトラックから十メートルも離れていなかったはずなのに、匍匐前進する者達を轢《ひ》くことはなかった。不思議なことに、しばらく走ってもずっと同じ距離が保たれ続けている。疲れて幻覚を見ているのかと思い、黙っていたのだが、

「あのう……内山さん」

後輩が口を開いた。

「さっきから俺、目の前を自衛隊員の、でっかい人形みたいなものが這ってるのが、ずっと見えてるんスけど……」

「おまえにも見えていたのか!?　やっぱりいるよな！」

内山さんは幻を見ていた訳ではないことを確信した。

やがて匍匐前進の人形は全員が道路を横断すると、霧の中に姿を没した。それから霧は薄くなり始め、群馬県に入る頃にはすっかり晴れて、内山さんと後輩は無事に会社の事務所へ戻ってきた。

ちなみに二人は、仕事中や帰路の車内で自衛隊や軍事関係、フィギュアなどの話をしたことはなかったそうである。

黒い犬

理央さんは中学生の頃、神奈川県に住んでいた。二年生のとき、通学路に痴漢が出ると騒ぎになった。両親や教師からも早く帰宅するように言われていたが、その日は部活動で帰りが遅くなってしまった。晩秋のことで、午後五時には辺りが濃い夕闇に覆われる。一人で暗い道を歩いて帰路を急いでいると、街灯の下に男が立っていた。中肉中背で、ジャージを着た中年の男である。

「中坊か。まあいいや」

そんな独り言を言ったかと思うと、笑いながらこちらへ近づいてきた。

「ねえねえ、ちょっと」

男がいきなり理央さんの腕を掴んだ。ちょうど近くに木が多くて人気のない公園がある。そこに引き込まれたら終わりだと、理央さんは思った。

「止めてください！」

必死に手を振り払う。

そのとき、男が理央さんの後方を見て、

「ひえっ！」

と、叫んだかと思うと、後退《あとずさ》りし始めた。

背後から低い唸り声が聞こえてくる。理央さんが振り向くと、そこには途轍《とてつ》もなく大きな犬がいた。両耳が立った真っ黒な犬である。彼女はこれほど大きな犬を過去に見たことがなかった。狼のようだったという。

犬は彼女の背中に触れるほど近くにいたが、明らかにその向こうにいる男を威嚇《いかく》していた。男は走って逃げ出した。

理央さんもこの犬が怖かったが、こちらを見ているだけで攻撃する気はないらしい。そこで静かに歩き出すと、ゆっくりと後ろから付いてくる。首輪は嵌《は》めていなかった。

（野良なのかしら？）

しかし、これほど目立つ野犬がいれば痴漢同様、注意を促す知らせが町会や保健所などからありそうなものだ。それを聞いたことがないところを見ると、何処かで飼われている犬なのだろうか？　考えているうちに自宅に到着した。庭に入って振り返ってみると、犬は姿を消していた。近くに大型犬が身を隠せるような場所はないことから、理央さんは不思議に思ったという。

それから三年後に理央さんの一家は、同じ神奈川県内にある別の町へ引っ越した。そこは周りに空き地が多く、草むらが広がっている長閑《のどか》な場所であった。だが、夜になると周りに人家がないことから些《いささ》か怖い場所に変わる。


更に七年後。

二十四歳になった理央さんは社会人として働いていた。その夜は残業で帰りが遅くなり、最寄り駅から午後十時十分発の最終バスに乗るしかなかった。このバスは自宅から少し離れた停留所にしか停まらない。やむなくそこで下車すると、人気のない夜道を歩き始めた。

中秋のことで、辺りには彼女の背丈よりも高く伸びたススキが繁茂している。夜空には満月に近づいた月が大きく輝き、虫が盛んに鳴いていた。

午後十時半頃のこと。一台の車が威嚇するようなエンジン音を響かせながら、その道に現れた。改造車である。クラクションを鳴らしながら彼女に近づいてきた。

(やだ、暴走族ね……)

乗っていたのは、目付きの悪い若者達であった。車の窓を開けて、

「乗りなよ」

「遊ぼうぜ、お姉さん」

と、声を掛けてきた。

「いいえ!」

「いいえ、だってよ」

「はっはっはー!」

理央さんは強い口調で断ったのだが、笑われた。改造車は徐行しながら彼女に並ぶ格好で付いてくる。若者達は四人乗っていた。何か小声で相談しているようだ。周りに人気がないだけに、不安になってくる。

(四人掛かりで車に引き込まれたら、どうしよう……)

そのときであった。

「おい、あれを見ろよ!」

後部座席に座っていた若者が、車窓の向こうを指差しながら叫んだ。

運転席にいた若者がバックミラーを見た途端、

「うわっ!」

悲鳴を上げたかと思うと、アクセルを踏み込んで逃げ出した。

理央さんからは死角になっていて初めは何が起こったのか分からなかったが、改造車が走り去ると、そこには大きな犬がいた。真っ黒な犬で、シェパードに似ているが、それよりも遙《はる》かに大きい。いや、世界最大級の犬種、セントバーナードよりも大きく感じられた。

七色の月光を浴びて全身が黒光りしている。双眸《そうぼう》だけが緑色に輝いて、蛍火のような光を放っていた。

理央さんが立ち止まると、犬は静かに近づいてきたが、こちらを見上げているだけで害意は持っていないようである。見れば見るほど、十年前に痴漢を追い払ってくれた犬とそっくりであった。しかし、同じ神奈川県内でも前の住まいからは遠く離れているし、十年も経てば普通の犬なら死んでしまうか、生きていてもよぼよぼの老犬になっているはずだ。

それがこの犬は十年前と少しも変わらず、むしろ強大になっているように感じられた。

「ありがとう」

理央さんがお礼を言うと、犬は一度だけ尾を振った。理央さんが歩き出すと、見送るように付いてくる。彼女が坂を登って自宅の前に到着したとき、振り返れば犬は坂の途中に立っていた。玄関のドアを開けてもう一度振り返ると、その姿が消えている。

(あれ、何処に行ったんだろう?)

辺りを見回したが、何処にもいなかった。

それ以来、この犬には会えていない。

初秋の電話

昆虫が好きな渉さんは高校で生物部の部長をしていた。その学校では二年生の秋から部長になるのが常だが、不人気な部で一学年上に部員がいないことから、一年生で部長に任命された。

生物実験室の隣の教室を使っていたのが化学部である。部長の淵上さんは一学年上で、物腰の穏やかな人物であった。同じ理系で年に一度の同窓会を合同で催していたこともあり、部同士は盛んに交流していた。そのため渉さんは分からないことがあると、よく淵上さんに訊ねていた。彼は先輩風を吹かせることもなく、何でも親切に教えてくれたという。

後に淵上さんは地元で就職し、渉さんは他県の大学へ進んだ。

翌年、正月二日の同窓会で再会したときに、いずれ飲みに行こうと約束した。そこで同じ年の夏休みに帰省した際に、渉さんは淵上さんの自宅に電話を掛けたが、断られた。

「悪いね。近頃忙しくなっちゃって、なかなか時間が取れなくてさ」

その翌年、生物部と化学部の合同同窓会は行われなかった。生物部は部員数が少なかったことや学校の方針で生物実験室をＩＴ実習室に変更することになり、解散させられたのである。同窓会も在校生が卒業生を招く形で行われていたので、自然と消滅した。

渉さんはふと、淵上さんとの約束を思い出して家に電話を掛けてみた。携帯電話はまだ普及していない時代である。淵上さんは喜んで懐かしそうに近況を訊いてきたが、「そろそろ飲みに行きませんか」と誘うと「相変わらず忙しくてね」と気が進まない様子であった。渉さんは誘うのを諦めた。

それから二年後、大学を卒業した彼は地元企業に就職して実家へ戻った。やがて珍しく淵上さんのほうから電話が掛かってきた。秋の初めの夜だったという。

こちらの近況を訊くので、答えているうちに懐かしくなり、

「たまには昔の部員を集めて会いませんか。酒が駄目なら、焼肉屋とかどうです？」

と、提案してみたが「忙しいので……」とまた断られた。

(じゃあ、何のためにわざわざ電話してきたんだよ？)

渉さんは不可解に思ったが、相手が先輩なので黙っていた。

その晩から渉さんは口の中に痛みを感じた。上唇と下唇の裏側、そして舌の先など七〜八カ所に口内炎や舌炎が一斉に発症したのだ。涙が出るほどの激痛で食事もまずく感じられる。薬を付けてもなかなか良くならず、三週間以上辛い思いをすることになった。

それから一年後。また秋が来て、夜になると淵上さんから電話が掛かってきた。

「最近はどう、仕事とか？」

「ええ。大変だけど面白いですよ。彼女もできたし。先輩はどうですか？」

「相変わらずさ。話すほどのこともないよ」

頻《しき》りにこちらの近況を訊くのだが、自分の身の上については詳しく語ろうとしない。

その翌日、渉さんは階段を踏み外して転倒した。やけに痛むので病院へ行くと、骨折していることが判明した。当座はまともに歩けなくて、外出も儘《まま》ならず苦労した。

次の年も同じ時季に電話があった。このとき、渉さんは午後十時過ぎまで自宅を留守にしていた。母親から伝言を聞いた彼が電話を掛け返すと、若い女が出て「兄はさっき出掛けました」と答える。外出するには遅い時間なので奇妙に思ったが、詮索はしなかった。

ところが、それから五分と経たないうちに向こうから電話があった。またこちらの近況を訊くだけで自分のことは語ろうとせず、会おうともしない。

(要するに、たまに人の暮らしぶりを電話で訊くのが、この人の趣味なんだろうな。いい先輩だと思っていたけど、その程度の人間だったということか……)

渉さんは些か寂しく思った。風呂に入って眠ろうとすると、急に左足の膝や脛《すね》に痛みを覚えた。皮膚がひりひりする痛みと打撲のような痛みが交互に襲ってくる。翌日には左足に赤い痣《あざ》が現れた。病院で診てもらうと、帯状疱疹《たいじょうほうしん》だという。二十代の人間が罹《かか》ることは少ない病気らしい。やがて左足全体から尻や腰まで大火傷を負ったような水疱《すいほう》ができて、痛くて夜も眠れなくなった。風呂にも入れず、ひと月に亘って苦しめられた。

（そういえば、淵上先輩と話した後には悪いことばかり起きているな……）

ところで、渉さんが今回通院していた病院には、事務員として化学部の女子部員だった同級生が働いていた。渉さんは彼女に話し掛けてみた。

「久しぶり。そういえば、淵上先輩から電話を貰ったよ」

「えっ……？　そんなはずないわよ」

淵上さんは二十歳のときに癌《がん》を患い、二年ほど闘病生活を送って三年前に亡くなったのだという。同年代の化学部の卒業生には連絡が回ったが、既に交流が途絶えていた生物部の卒業生には誰も連絡をしなかったらしい。

「ええっ？　じゃあ、あの電話は何だったんだよ⁉　それに、こないだ電話を掛けたら妹が出て『兄は出掛けています』って言ったんだぜ」

どういうことか、さっぱり分からない。そこで線香を上げに行って遺族から話を聞いてみることにした。淵上家はちょうど高校の通学路沿いにあったから場所は知っている。

帯状疱疹の痛みに耐えながら日曜日に訪問すると、家には両親と妹がいた。事情を話すと家に入れてくれた。仏間には確かに淵上さんの遺影と位牌が置かれていて、九月一日が

命日だという。思えば渉さんが発症したのも同じ日の深夜であった。渉さんは妹に、

「つかぬことを伺いますが、命日の夜に僕が電話を掛けたのを覚えていますか？」

「えっ？　……いいえ」

「そう、ですか？　兄は出掛けている、と言われたと思うのですが」

「私は言った覚えがありません。命日の夜は何処からも電話は掛かってきませんでしたよ」

妹は真顔で首を傾げている。嘘を吐いている者の表情には見えなかった。

翌年の春。渉さんは結婚し、実家を出て社宅に住み始めた。新居の電話機はナンバーディスプレイの機能が付いたものを購入した。

残暑が厳しい九月一日の夜。また電話が鳴った。表示された相手の電話番号に見覚えがある。淵上家の番号だ。渉さんは暑さを忘れるほどの寒気に襲われた。新居の電話番号は淵上さんの遺族には教えていない。

何故淵上さんから電話を受けると病気や怪我をするのか、理由は分からないが、年々症状が重くなっていることは確かなのである。受話器を取らずにいると、妻が訝《いぶか》しげな顔をしながら出ようとするので、慌てて制止した。電話は二分ほどで鳴りやんだ。

それ以来、淵上家の電話番号は〈着信拒否〉に設定している。にも拘わらず、毎年九月一日の夜になると、淵上家の番号から電話が掛かってくるという。

18

秋の川岩

沖縄県で建設会社を営む平仲さんは、協力会社の管理職である友利さんと懇意にしている。同い年で友利さんは釣りを趣味としており、海が好きな平仲さんとうまが合った。既に十年来、家族ぐるみの付き合いをしているという。

ある秋のこと。友利さんは大きな土木工事が成功したことから、関係者を集めて二泊三日のビーチパーティーを催した。平仲さんも招待されて参加した。下戸でない者は皆、昼間からビールや泡盛を浴びるように飲んだ。その際に友利さんが、

「この近くの川原にすばらしい岩があるんだ。何度もそれを運んだ会社があるんだけど、いつも決まって元に戻すことになるらしい」

「何だ、それ？　何か曰く付きの岩なのか？」

「そういうことさぁ」

「面白そうだ。近くにあるなら見に行きたいな」

「じゃあ、酔い覚ましに歩くとするか」

二人は河川敷を歩き始めた。近くといっても、歩けば三十分ほど掛かるのだが、天気が

良くて、暑くも寒くもない秋の午後である。泡盛をしこたま飲んでいたこともあって、気分の良い散歩になった。現場に着いてみると、なるほど、小川の真ん中に中国の山水画に描かれているような岩があった。高さ一・五メートル、幅一・五メートル、奥行き一メートルほどで黒光りしている。真ん中に洞窟を思わせる穴があり、上部は苔《こけ》に覆われていて、小さなリュウキュウマツが一本生えていた。

「こいつは凄え！」

鉱物や造園の門外漢である平仲さんでも、一目見て〈欲しい〉と思った。これほどの岩なら、持ち帰って高く売りたがる者が跡を絶たないのも道理である。

「こんないい岩を何で元に戻すんだ？　もしかして、無許可で採取していたのか？」

「いや、市や近くの村の許可を取ってから採取しても、元に戻ってしまうんだ」

友利さんが岩のすぐ前に立って語り始めた。

実はこの川岩、採取する際にはトラッククレーンですんなりと運び出せる。けれども目的地に着いた途端、クレーンが故障したり、急に岩が重くなったりして、どうしても下ろすことができない。友利さんが働く土木会社の専務も手に入れようとしたことがあったが、会社まで運搬して、いざ降ろそうとしたときに四トンクレーンのワイヤーが切れてしまった。そこで二十五トンのクレーンまで使ってみたが、持ち上げることができなかった。

「クレーンの故障かもしれんな」

この作業は友利さんも手伝っていたが、どうにもならないので、翌日に降ろすことにして解散した。

その夜、眠っていた友利さんは夢を見た。

日中に運んだ岩がある。その上に白い髭《ひげ》を蓄えた老人が立っている。古めかしい、琉球王朝時代を思わせる衣を身に着けていた。まるで仙人のようである。

「あんしぇーならん《良くないぞ》！　もうとぅ《元》んかい《に》　むどぅ《戻》しぇー《せ》！　もうとぅ《元》んかい《に》　けぃ《返》しぇー《せ》！」

老人は〈沖縄語〉で頻りにそう言っていた。怒鳴っていたようである。

（変な夢を見たな）

初めはそう思う程度だったが、クレーンを点検しても異状は認められない。他のクレーンを使っても持ち上がらなかった。おまけに、同じ夢を専務や運搬作業に参加した者全員が見ていたことも分かった。その後も夜な夜な仙人らしき老人が夢に現れては叫ぶ。

「もうとぅんかい　むどぅしぇー！　もうとぅんかい　けぃしぇー！」

さすがに専務も友利さんも耐えられなくなった。急ぎの業務を何とか後に回すことにして人を集め、元の場所まで返しに行った。

すると……。

壊れている可能性があったクレーンは正常に作動して岩が持ち上がった。荷重計を見れば、二・五トン。二十五トンのクレーンで持ち上げられない重さではない。

「一体、今までのは何だったんだ？」

全員が首を傾げ、祟りがあるのではないか、と恐れ始めた。そこで瓶《びん》に入った泡盛を供え、線香を上げた。

ちょうどそこへ近くの集落に住む古老が通りかかった。

「また帰ってきたね」

岩の前で友利さんと専務達は古老の話を聞き、他にも運搬に失敗した者達が大勢いたことを知らされた。友利さんは、夢に出てきた仙人のような老人の話をしてみたが、古老にもそれが何者かは分からなかった。ただ、この川は琉球王朝時代に山から木を伐《き》り出し、木炭を作って首里城まで運ぶルートに使われていた、との伝承があるという。

また、この岩は黒曜石であった。沖縄には天然の黒曜石は存在しない。従って、遠い昔に島の外から海を渡って持ち込まれたものらしい。

友利さん達は岩に向かって手を合わせてから、帰路に就いた。

平仲さんが友利さんから聞いた話はここまでで終わっている。

平仲さんはこの数年後にも『河川整備事業で一度は例の川岩を動かしたが、また元の場所に戻した』という話を他の業者から聞いたそうである。

追い掛けてくるもの

中田さんは不動産会社を営んでいる。彼は坂の上の閑静な住宅地にある一軒家に独りで住んでいた。だが、坂の上り下りが不便なのと、近所に買い物ができる店が少ないことが不満で、二週間後に引っ越すことにしていた。

その夜、彼が二階の寝室にいると、コツン……という音が聞こえてきた。少し間を置いて、また、コツン……と音がする。コオロギやアオマツムシなどが鳴かなくなった晩秋の静かな夜のことで、その音はよく響いた。

(何の音かな？)

窓を開けて外を見ると、ベランダに小石がたくさん転がっていた。窓に石が投げつけられていたのだ。ベランダに出て下の通りを見たが、人気《ひとけ》はない。不思議に思いながら窓を閉めると、また同じ音が響いてくる。ガラスを割られやしないかと心配したが、外を見てもやはり誰もいない。それきり止んだので、気にしないことにした。

ところが、翌日も晩秋の夜の静寂《しじま》を破って、コツン……、コツン……と音がする。外を見てもベランダに石が転がっているだけだ。不思議ではあるが、どうすることもできないので、中田さんは深く考えないことにした。

（まあいいや。どうせすぐに引っ越しなんだから）

予定通り、中田さんは引っ越した。前の家からは十数キロ離れた町にある一戸建て住宅である。しばらくは何も起こらなかった。しかし、引っ越しから半年ほど経った頃、また窓に石が投げつけられるようになった。前のときと同じで石を投げる相手は見つからなかったが、それが一週間に亘って毎晩続いた。

（変質者の仕業かもしれない）

中田さんは不安になってきた。そこで同じ町内にあるアパートへ引っ越したが、三日後の夜にはまた石が窓に投げつけられた。

（これは絶対に人間の仕業だな。誰かが嫌がらせをしてやがるんだ）

けれども、相手の姿を確認することができない。一度は警察に通報することも考えたが、事情を細かく訊かれるのが面倒だったので、そこから三十キロほど離れた別の市へ引っ越した。

今度は長いこと異変は起こらなかった。中田さんはこれで無事に解決したかと思ったが、引っ越しから一年後、また石が窓に投げつけられるようになった。

（うわっ、追い掛けてきたのか！）

すぐに近くにあるマンションへ引っ越した。すると一週間後に石が追ってきた。

八階にある部屋なので、投げ込むのも大変なはずだが、夜ごと確実に投石が届く。

中田さんはその後も引っ越しを繰り返した。それによって、次第に分かってきたことがあるという。
・引っ越す距離によって、石が追ってくるまでの日数が変わる。遠くへ移動すると日数を長く要する。近いとすぐに訪れる。
・中田さんが引っ越してから次の借り手が付いた場合、長く住んでいるので、その家には投石されなくなるらしい。
・投石は小石ばかりで、近くから軽く投げているのか、窓ガラスが割られたことは一度もない。
(何だか面白くなってきたぞ)

元々彼は一カ所に長く住むことが好きではない性分だったし、不動産業なので住む場所には困らない。しかも気楽な独身貴族ときている。酔狂なことに、わざといろいろな場所に引っ越して実験を繰り返すようになった。ただし、放っておくと一週間ほどでベランダが石だらけになってしまう。石は不燃ゴミの回収には出せないし、専門の処分場まで持参するのは面倒である。そのため、一週間過ぎたら必ず引っ越すことにしている。それ以上住み続ければ、どうなるのか分からないので怖い、ということもあるそうだ。

最近は近い所ばかりを一週間おきに引っ越している。

この現象は、今でも続いているという。

狙われた娘

東京都で生まれ育った真子さんは、自宅近くの大学に通っていて、特に仲の良い友達ができた。地方から出てきた千絵佳さんという娘で、色白の整った顔立ちをしていた。

千絵佳さんは二年生の秋になると喫茶店でアルバイトを始めた。やがてその店に二十五～六歳の男の客が通ってくるようになったという。三日と空けず来店しては、

「仕事は何時に終わるの？」「今度の休みに会ってくれない？」

などと、しつこく話し掛けてくる。小柄で小太り、鳥の巣のような髪型をしており、眼鏡を掛けた毛深い男である。彼女にとって、心を惹《ひ》かれるタイプではなかったが、仕事帰りに待ち伏せをされて断り切れず、一度だけ一緒にファミレスに入った。男は和喜と名乗り、趣味であるモデルガン収集の話を始めた。千絵佳さんにはまるで興味を持てない話題だったが、和喜は夢中になって喋り続け、自分の話に酔っているらしい。

（気持ち悪い人だな……）

千絵佳さんは「また会ってくれよ」という和喜の誘いを「学校とアルバイトで忙しいんです」と断った。ところが、和喜はその後も来店したり、帰宅時に待ち伏せを繰り返す。

「あたしには他に好きな人がいるんです」

千絵佳さんはやむなく嘘を吐いて断った。

数日後の朝、彼女がアパートの部屋の窓を開けると、前の通りに真っ赤な車が駐まっていた。初めは同じアパートの住人を訪ねてきた者の車かと思い、気にしていなかった。けれども、同じ車が毎朝路上に駐まっている。

ある夜遅くに外を見たところ、既に赤い車は停車していた。翌朝、学校へ行こうとすると、ドアポストに二つ折りにされたメモ用紙が挿《はさ》んであるのが目に付いた。このドアポストは受け箱が付いていなくて、新聞や郵便物は床に落ちる仕組みになっている。

『俺と付き合ってくれ』

メモ用紙には下手な字でそう書かれていた。こんなことをするのは和喜しかいない。

（じゃあ、あの車には……!?）

尾行されていたのだろうか。千絵佳さんは確認しようとアパートを出て、恐る恐る赤い車に近づいた。車内を覗こうとしたとき、運転席から和喜が飛び出してきた。

「好きな人がいるなんて嘘だろ。女友達しか来てねえじゃんか。毎晩見てたんだぜ！」

千絵佳さんは身の危険を感じて逃げた。一瞬、アパートへ戻ることも考えたが、自室は二階にあって鍵を掛けてきたので、逃げ込むには時間が掛かる。そこで必死に通りを走った。和喜は追ってきたが、角を一つ曲がると、他の通行人がいたので追跡を諦めたらしい。

登校した千絵佳さんは一部始終を真子さんに告げた。

「それは大変！　今夜仲間を集めてアパートへ行って、迷惑だ、もう来るな、ってはっきり言ってやろうよ。みんなでやれば怖くないからさ」

真子さんの提案に他の仲間数人も頷《うなず》き、皆で千絵佳さんのアパートに泊まることになった。その夜、交代で窓から見張っていたが、朝までに赤い車が現れることはなかった。

「良かったね。きっと、千絵佳ちゃんが嫌がってるのが分かって諦めたんだよ。もしもまた来たら、いつでもうちに電話しなよ。お兄ちゃんを連れて助けに来るから」

真子さんの自宅からここまでは車で十分程度しか掛からない。二歳年上の兄は体格に恵まれ、柔道の有段者でもある。彼女の申し出に千絵佳さんも喜んだ。

それから当分の間、和喜が現れることはなかったのだが……。

ある夜、千絵佳さんは未明に目を覚ましてトイレに行こうとした。ベッドを出て寝室の電気を点ける。トイレは台所と隣接していて、その向こうに玄関があった。寝室の明かりが漏れていたが、台所の電気は点けていなかったので薄暗い状態である。だが、玄関の一部が妙に明るい。よく見れば、ドアポストが開いて外廊下の明かりが漏れている。不審に思った千絵佳さんはドアに近づいて身を屈め、開けられたドアポストを覗き込んだ。

すると、人間の目と指が見えた。彼女は悲鳴を上げながら床に尻餅を突いてしまった。外廊下にいた相手も驚いたのか、ドアポストが閉じて走り去る足音が響く。千絵佳さんが立ち上がって窓から外を見下ろすと、外灯の光を浴びて赤い車が走り去るのが見えた。

やはり和喜は来ていたのだ。夜中にずっと部屋を覗きに来ていたのかもしれない。

「怖いからアパートを引っ越そうかと思うの。アルバイトも辞めないと駄目かもしれない」

と、千絵佳さんは真子さんに告げた。

「ちょっと待って。こんなときこそ、助け合うのが友達じゃない」

真子さんは兄に頼んで一緒に千絵佳さんのアパートへ行ってもらい、今度こそ和喜に文句を言ってやろうとした。また交代で張り込んだ。

しかし朝まで見張っていたが、今回も和喜は姿を見せなかった。

「変ねえ。何処かからこっちの様子を見張っているのかしら?」

真子さんは不可解に思った。ところが、やがて彼女達は意外な事実を知ることになる。

この日は休日だったので、真子さんと兄は車で自宅へ帰ろうとした。その途中、国道で交通規制が行われていて、大破した赤い車を目撃したのである。翌朝の新聞が、和喜が事故で死亡したことを伝えていた。原因は居眠り運転だったらしい。

「そんな奴でも死んだとなると嫌だけど、これでもう大丈夫よ」

真子さんは和喜の死を千絵佳さんに伝えて励ました。

千絵佳さんは屈託のない笑顔を見せるようになったが、長くは続かなかった。

一週間ほどのち、彼女は急に大学へ来なくなったのである。真子さんは終業後にメールを送ってみたものの、返事が来ない。翌日も欠席であった。そこでアパートへ行って呼び鈴を鳴らすと、顔面を蒼白にした千絵佳さんが出てきた。

「夜になると、あの人が来るの……」

暗い表情で訥々《とつとつ》と語り始めた話を要約すると――。

二日前の静かな夜更けのこと。千絵佳さんが本を読んでいると、アパートの外廊下のほうから足音が聞こえてきた。それが彼女の部屋の前で止まった。そのままそこに立っているらしい。気になった千絵佳さんは様子を見ようと玄関へ向かった。

そのとき、ドアポストが開いて白い煙のようなものが入ってきたかと思うと、一瞬にして人間の姿になった。それは和喜だったという。

思わず悲鳴を上げて……後のことはよく覚えていない。我に返ると床に倒れており、翌日の昼間になっていた。身体に力が入らず、ベッドに横になっているしかなかった。

そしてまた夜更けになると、玄関のほうから和喜が現れる。彼は無表情で黙っていたが、

『逃げたら殺すぞ』

という脅し文句が千絵佳さんの脳裏に押し入ってきた。和喜が伝えてきたものだ。それを最後に記憶が途切れ、気が付くと床に倒れていた。すぐには起き上がれず、真子さんが鳴らした呼び鈴の音を聞いて、やっと身体を動かすことができたそうである。

話を聞いて真子さんは恐ろしくなったが、このまま放っておく訳にもいかない。

「うちへおいでよ」

意外にも千絵佳さんは首を振った。

「駄目よ。逃げて見つかったら、あたし、きっと殺されるわ……」

心の優しい千絵佳さんは、和喜の死にも少なからず心を痛めたのであろう。それで和喜の幻影を見たのではないか、と真子さんは考えた。何とかしてあげたいが、千絵佳さんはアパートから離れることを恐れている。真子さんはやむなく自宅へ帰ることにした。二日近く何も食べていないらしいので、近くのコンビニでサンドイッチとパスタ、お茶などを買い、千絵佳さんに食べさせてから引き揚げてきた。

しかし、翌日も千絵佳さんは学校を休んだ。心配した真子さんがアパートを訪れると、千絵佳さんは前日よりも覇気のない暗い表情をしていた。

「また夜中に来たの。ここにいないと殺されるから、学校もアルバイトも行けないわ」

和喜の姿を見た途端、急に気分が悪くなって、食べたものを嘔吐《おうと》してしまったのだという。かなり憔悴《しょうすい》している様子であった。

「だからといって、このままここにいても身体を壊しちゃうよ。うちに来てよ！　お願いだから！　私が何とかするから！」

親友の苦しむ姿を見ていられなくなった真子さんは必死に説得した。一時間に及ぶ説得と懇願《こんがん》に、ようやく千絵佳さんも首を縦に振った。

自宅の両親と兄に事情を話し、しばらく自室に千絵佳さんを泊まらせることにする。

千絵佳さんは、入浴して真子さんの家族と一緒に夕食を食べたとき、心が和んだのか、久々に明るい笑顔を見せた。夕食後は真子さんの部屋でお喋りをして過ごし、さて寝ようか、ということになった。真子さんはベッドで、千絵佳さんは床に敷いた布団に入る。

「じゃあ、電気消すよう」

真子さんが、電灯のスイッチに結んである紐を引いて部屋を暗くしようとすると――。

「わあっ、来たっ!!」

仰向けに寝ていた千絵佳さんが叫びながら跳ね起きた。

「何が来たのっ？」

千絵佳さんが震える手で天井を指差す。真子さんがそちらを仰ぎ見た。

見知らぬ男が天井に張り付いて、こちらを見下ろしていた。赤いTシャツを着て、裾を二十センチも折り曲げた紺のジーンズを穿《は》いている。靴下は履いていなかった。髪はもしゃもしゃで眼鏡を掛け、無精髭を生やしている。露出した両腕や両足の先は濃い体毛に覆われて黒々としていた。

(これが、和喜……⁉)

真子さんは千絵佳さんに確認しようとしたが、咄嗟《とっさ》に声が出なかった。

「駄目！　やっぱり殺されるう！」

その隙に千絵佳さんは部屋を飛び出した。

「あっ！　待って、千絵佳ちゃん！」

真子さんの制止を振り切って、千絵佳さんは階段を駆け下りると、玄関のドアチェーンと錠を開けて外へ駆け出していってしまった。

「おい、どうしたっ？」

隣室にいた兄も騒ぎを聞きつけて廊下に顔を出した。

「和喜が……ストーカーが天井にいるの！」

「何！」

真子さんが兄と一緒に部屋に戻って天井を見上げると、和喜の姿は消えていた。

「あれ？　もういない……？」

「いいから、千絵佳さんを追うんだ！」

二人は階段を駆け下りた。ドアを開けたとき、家の前の道路から大きな衝突音が響き、千絵佳さんの凄まじい悲鳴が聞こえてきた。

二人が慌てて行ってみると、千絵佳さんが道路に長々と伸びていた。その先に赤い車が駐まっている。運転席のドアが開いて……。

降りてきたのは、何と、和喜であった。

後に分かったことだが、兄も確かに同じ光景を見ていたという。

その直後、車の色が黒へと変わり、運転手の姿も豹変した。四十絡みで、長身の青い作業着を着た男性で、眼鏡は掛けていない。すぐに携帯電話で救急車と警察を呼んでいたが、声が震えていて何と喋っているのか、なかなか聞き取れないほど動揺していた。彼の話によると、千絵佳さんは赤信号を無視していきなり道路へ飛び出してきたので、ブレーキを踏む暇もなかったらしい。

千絵佳さんは頭から大量の血を流し、右目が潰れていた。幾ら呼び掛けても反応はなく、左足は折れて関節とは逆方向に曲がっており、骨が飛び出していた。直に救急車が到着したが、ほぼ即死だったそうである。

プチぼったの隣の店

春の夜、土方さんは仲間と雑居ビルの二階に入っているそのスナックへ初めて飲みに行った。同じフロアには他にも飲食店が入っている。隣は暴力的という訳ではないが、常連客以外からは料金を高めに請求する〈プチぼった〉と呼ばれる評判の悪いスナックであった。入り口のドアにはカードの利用が可能であることを示すシールがたくさん貼られている。

土方さんが仲間やホステスと喋っていると、隣の店に面した壁から不意に白いものが浮かび出てきた。

それは高さ一メートルほどで、ボーリングのピンのような形をしていた。手足がなくてロシア人形のマトリョーシカにも似ているが、顔は見当たらない。直立したまま蛞蝓《なめくじ》が這うようにゆるゆると音も立てずに床を移動してゆく。店内の通路を横断すると、向かいの壁に吸い込まれるように消えていった。

「あれ、俺酔ったのかな？」

さほど飲んでいなかったし、土方さんは酒に強いほうなので訝しんだが、恐らく錯覚なのだろうと考えて、この夜は引き揚げた。

それ以外は雰囲気の悪い店ではなく、お気に入りのホステスもできたので後日また行くと、同じものが現れた。通路を横切るだけなので怖いとは思わなかった。店には七〜八回通って毎回遭遇していた。必ずほろ酔い加減になって盛り上がってきた頃に何の前触れもなく現れ、土方さんだけが目撃する。その都度、

「ほら、また出てきたぞ！」

と、ホステスや同行した仲間に教えていたが、誰もが気味悪がって目を背けるので、なおさら他の人々には見えなかったのかもしれない。

いつも決まって隣の店に面した壁から出てくることから、

（隣が〈プチぼった〉の店だから、悪いものが溢《あふ》れてくるのかな？）

そう思っていた。

ところが、この店に通い始めて半年が経った頃、秋の夜にこれまでとは違う動きを見せたのである。店の中をうろつくようにあちらこちらへ移動してから、カウンターの下まで行き、姿が見えなくなった。このとき、土方さんが気に入っていたホステスがカウンターの向こうで飲み物を用意していたのだが、けたたましい悲鳴を上げた。その拍子にグラスを落として割ってしまう。

やがて席に就いたホステスは笑みを浮かべていたものの、顔が少し引き攣《つ》っていた。

「さっきはどうかしたのかい？」

と、訊いてみると——。

誰もいないはずの床に、ボーリングのピンのようなものではなく、見慣れない男が胡坐《あぐら》を掻《か》いていたという。髪が禿《は》げ上がった血色の悪い中年男で、にたにたと笑っている。ミニスカートを穿いた彼女のすらりとした両足を見つめていた。彼女が驚いてグラスを落とすと、姿を消したそうである。

今度ばかりは土方さんも気味が悪くなってきた。おまけにそのホステスが他の男と結婚して店を辞めることが分かったので、それきりこのスナックに通うのは止めてしまった。

大首

西方さんは、住んでいた古い貸家の近くに手頃なコーポアパートが建ったので、契約してそこへ引っ越した。

四世帯が住める、二階建ての共同住宅だった。

システムキッチン等、今時の設備が整っており、結婚二年目の奥さんは非常に喜んでいた。

「もう、アシダカグモに出くわさなくていいのが一番嬉しい」という。

家賃が安いだけが取り柄《え》の以前の貸家は、柱の数本に亀裂が入るくらい老朽化しており、昔の造りで隙間だらけなので古典的な害虫がよく出ていたのだった。

池のある公園が近いせいか、風呂場の床をコウガイビルが這っていたりした。

そういうのを目撃する度にパニックになる奥さんを少し可哀想に思っていたので、貯蓄分のお金が減ってマイホームはやや遠のくが、まあ家賃増は仕方がないと考えていた。

西方さんは、自動車部品の製造業、所謂《いわゆる》下請けの企業に勤めていた。勤め先の工場へは車で三十分くらい掛かる。奥さんは看護師で、こちらも車で同じくらいの距離の病院へ通勤していた。

方向も、勤務時間帯も違っていたので車がどうしても二台必要だった。

貸家には駐車場がなかったため、近くにある一般の月極駐車場と二口契約していたが、うち一台はコーポに付随した駐車場へ駐められることになった。

が、元々のその月極駐車場の場所というのが、今度引っ越したコーポの真裏だったため、一台分の契約はそのまま残しておくことになった。

また、駐車の枠もうまい具合に今度の自宅の背面に接していた。

西方さんの職場に、茅野という独身の同僚がいた。三歳年下だったが、何故かうまが合いよく貸家のほうに遊びに来ていた。

「この広さで、この家賃ですか。いいなあ」と、再三言い、

「同じような物件ないですかねえ」と、ぼやく。

人懐っこい性格で、西方さんの奥さんとも仲が良かった。

「奥さん、アシダカグモは益虫ですよ。成虫が三匹いたら、家中のゴキブリが絶滅するって言われているんですよ」等と言い、全くその辺は気にしない質《たち》らしい。

西方さんはそれを覚えていたので、引っ越し前に家が空くことを教えておいた。

すると早速大家への口利きを頼みにやってきたので、それならと駐車場のほうも譲る形で世話を焼いてやった。

こうして、西方さんのコーポの真裏に位置する駐車場に、西方さん自身と茅野君の車が共に駐められることになったのである。

西方さんが駐車場に車――トヨタのセダンだった――を駐めると、反対側の駐車スペースが三角形の土地なので斜めになって並んでいる。その向こうには低いブロック塀があって、かなり古い鉄筋モルタル二階建ての集合住宅に隙間なく接していた。

その建物の向こう側が道路に接しており、共用通路と入り口などがある。月極駐車場側が背面で、ほぼ南側なので、その二階部分にはバルコニーが世帯分並び、作り付けの物干し金具に竿を置いて洗濯物などが通してあった。

茅野君の契約スペースは西方さんの二つ隣で、同じようにバックで駐車するとほぼ対面に、そのバルコニーの並びと引き戸になったサッシの掃き出し窓が見えるのだった。

つまり、窓から中の人の暮らしぶりが幾分窺《うかが》えるのだが、西方さんのアパートは駐車場側には浴室の換気窓と最小サイズの引き違い窓が各階にあるだけだった。ほとんど明かり取りとしか機能しない造りで、日常生活ではまず開け閉めしない。そのため、お互いのプライバシーには、うまく干渉しないでいられるようになっていた。

ただ、駐車場にいる際には、どうしてもバルコニーにいる人と目が合ったりする訳だが、それは何処にでもある光景で、失礼でないように会釈でもしておけば何でもなかった。

普段なら、だが……。


残暑の厳しい九月の半ば頃。

引っ越して三カ月ほどが経っていた。

ある日の仕事帰りのこと。この日は西方さんの奥さんが病院の夜勤で不在で、西方さんも茅野君も用事がない。だからコーポのほうでゆっくり家飲みをしようという話になった。

エアコンを効かせた部屋で茅野君が上着を脱いでいると、すぐにお盆に乗せられた瓶ビールと、冷凍庫で冷やしておいたらしいジョッキが出された。

「あ、僕が注ぎますよ」

「ああ」

二人で喉を鳴らして一気に飲み、それを堪能した後、常備菜や枝豆などを肴《さかな》に取り留めもない仕事の話になった。

「そろそろ焼酎にする?」

「いいですね」

酒が回って、硬い話題に飽きた頃、茅野君が言った。

「裏のアパートの、ずっと空いていた二階の部屋、誰か入ったようですね」

「へえ？　空き部屋なんてあったのか？」

「車を駐めると、ちょうど真正面になるんで、何となく見ちゃうんですよね。それに、あそこは不動産屋に紹介されて、いっぺん内覧に行ったことがあるんですよ。およそ今の貸家と同じくらいの家賃でしたね」

「まあ安いほうだな」

「二階のあそこは、六畳間二つとダイニングキッチンの間取りです。バルコニーは六畳間の外ですね。何というか、マジ昭和の造りですね。トイレも和式だし。どうも、文化住宅的なものが古びたのは却って陰気で嫌いなんで、契約はしなかったんですよ。……ああ、そうだ。あそこね、一件だけ家賃一万円の物件があるんですよ」

「ええ？　一万円？」

「地下室でね。窓なし。ユニットバスが無理矢理設置されているけど、他は三角形になった一区画だけ。壁は全面ビニールっぽい塗料で薄い水色に塗られていて、狭いし床もコンクリート打ちっ放しで、ベッドと机と椅子でも置けば一杯です。ああ、エアコンだけは無料で二台も付いてます。でも湿気は凄い」

「誰が借りるんだ、そんな部屋……」

実は激安に惹かれて真剣に借りようかと思って検討したのだと言って、茅野君は苦笑いをした。

「そんなところに住んだら病気になるぞ」

「ですよねえ」

話がまた、新しい入居者の話になった。

「昨日の夜中に用事で車を出したんですが、そのときあの部屋のバルコニーに明々と蛍光灯の明かりが点ってたんですよ。誰か引っ越してきたな、と思ったんですが、さっき帰ってきたときには、まだカーテンとかなかったですねえ」

「内装の工事でもしてたんじゃないのか？」

「夜中にですか？」

二十三時を回っていたはずだという。急ぎの仕事だと考えられないこともないが、普通はその時間にはさすがにやらないだろう。

「まあ、入居するにしても、すぐに何もかも一遍に運び込まなきゃいけない訳でもないからな。立ち寄っただけかもしれない。それに、考えてみればそもそも誰が入ろうと我々には関係ないわな。今いる住民だって、何者なのかさっぱり知らないんだし」

「……ですよねえ」

だが、その夜随分遅くなってから辞去した茅野君は、何故か気になって西方さんのコーポを回り込み、わざわざ駐車場のほうへ引き返してみた。

件の二階の部屋の六畳間二つに、皎々《こうこう》と明かりが点いていた。

カーテンなどはなく、中が丸見えだ。

向かって右手の六畳間で、ランニングシャツを着てステテコを穿いた坊主頭の大男が一所懸命体操をしていた。背を向けており、顔は見えない。

動きは普通のラジオ体操だ。

だが、力の入れ方が尋常ではない。

「……何なんだ」

唸りを上げて振り回される太い腕の膂力《りょりょく》に恐れをなして、茅野君はそそくさと自宅への帰路へと戻った。


十月に入りすっかり秋めいた頃になっても、その大男の部屋にはなかなかカーテンが付かなかった。

夜には皎々と明かりが点いているか、あるいは真っ暗なのかどちらかである。たまに、のっそりと中で動く人影を見かけるので、確かに住んではいるらしい。

最初気にしていたのは茅野君だけだったが、さすがに西方さんも不審に思い始めた。あれだけ体格のいい男なら外で会ったら絶対分かると思うのだが、周辺では全く見かけなかった。それに、奥さんに訊いたところ昼間も部屋にいるらしく、何をしているのかうろうろ中で歩き回っているのを夜勤明けや休日に何度も見るという。

「引き籠もっているんですかね?」

「いやー、あんな肉体派のニートっているのか?」

「世の中には、いるでしょうよ」

「……社会復帰を目指している、とかの手合いかな?」

いろいろ推測したところで、何者なのかは依然として分からなかった。

ある日の午前中。二人の勤務する工場でのこと。

いつになく、茅野君が就業中に持ち場を離れて、別班の西方さんのほうに近寄ってきた。

次の作業まで少し時間があったが、全く暇な訳ではない。

用事を訊くと、

「例のアパートの、左側の六畳間にカーテンが付きましたよ」と唐突に言う。

「何だ、下らない」ずっと仕事に集中していて、そんなことはすっかり忘れていた西方さんは、つい小腹が立った。

「いい加減にしろよ。けじめを付けろ」

随分、棘《とげ》のある言い方になったが、茅野君は引き下がらなかった。

「これを見てください」

二つ折り携帯を開いて、撮影した画面を差し出した。

「……」

画像ではサッシの掃き出し窓一杯に、薄地で白い、シーツみたいな布地が張られていた。皺《しわ》の寄り方が、明らかにカーテンのそれではない。

「これって、画鋲かなんかで留めてあるだけなんだと思いますけどね。で、ここを見てください」

茅野君はそう言って、画面の下部を指差した。

そのシーツっぽい布地の上に、朱色の丸いものが浮かんでいた。ぽつぽつと数個認められたが、大きさが窄《すぼ》まりながら左下へと消えていた。

「……これが何だ？　シーツの汚れだろ？」

「よく見てください。ガラスのこっち側にあるでしょう？」

そう言われれば、そう見えないこともないが……こっち側？

「こういうのを以前見たことがあるんですが……今夜、伺ってよろしいですか？」

午後の八時頃にやってきた茅野君は、出されたビールに口も付けずに早速神妙な口調で話を始めた。

西方さんの奥さんは、仕事上の込み入った話だと思ったのか、遠慮して奥の部屋に引き揚げてしまっていた。

「あまり他人に自分のことは話したことはないんですが、少し厭な予感がするんで……」

そう言えば、西方さんは茅野君の身の上はあまり知らなかった。

「厭な予感？」

だが、何の話をしたいのか、またその真意がさっぱり分からなかった。

「僕の家は、祖父が仕出しの弁当屋をやっていたんです。結構老舗だったんですが、そこは長男の伯父が継いで、次男の父は母と結婚した後、母の希望で喫茶店を始めたんです。軽食も出す、まあ所謂カフェですね。概《おおむ》ね母が開店資金を出したそうで、店の内装もそのため母の趣味を入れて、田舎にしては随分凝った感じの店舗でした」

上等な西洋アンティークの家具を配置し、観葉植物を多用して、空間作りをいろいろ工夫したらしい。お洒落な雰囲気が客に受けて、当初は随分繁盛していたそうだ。

「ですが、僕が十歳のときに母が癌になりまして」

乳癌だったとのことだが、発見時には既に肺などに転移が見られ、以後闘病生活が続いた。

父親は厨房での仕事が主で、店の切り盛りは母親が一切やっていたため、経営が急速にうまくいかなくなったらしい。

「母の病状も、いよいよ思わしくなくなって、店のほうは休業しようということになりました」

片親だとは聞いていたが、予想外の重苦しい事情を打ち明けられてどうにも言葉が出ない。

「病院にいる母が終末期に入ってからのことですが、僕と、僕には三つ下の妹がいるんですが、その世話を焼いてくれるお姉さんが家に出入りし始めました。……子供だったので、よく分からなかったんですが、要するに父が女を家に引き入れてたんですよね」

「……」

「でも、優しい人でした。妹も懐《なつ》いていたし、僕も好きだったんですよ。……で、ある晩、その人の作ってくれた夕飯を食べた後、妹を連れて家のすぐ近くの自販機に飲み物を買いに行ったんです」

店舗兼住宅だったとのことで、家のすぐ裏手の路地を抜けてサンダル履きで出掛けた。

そして、買った缶ジュースを二人で握り締めて帰ってきたとき。

「家の裏口のドアから二階に掛けて、一瞬火の粉が舞ったように見えたんです。火種を何かでパンッと潰して噴き出たような感じでした」

だが、その火色の粒々が消え去らずに、またふらふらと戻ってくる。

「地面とかには何もなくて、火事じゃないな、何だろうと思って見ているうちに、その中に粒の大きなものが混じり出しました。……火じゃあないんです。怪談に出てくる火の玉とか鬼火でもない。顔の側に来ても熱がない。オーブとかいうあれでしょうか。朱色のオーブです」

「……」

そして、それを呆気に取られて見つめているうちに、裏口の軒先に付いていた直管蛍光灯の反射傘の辺りが、ギシギシと音を立てて揺らぎ出した。

「まるで、両手で力一杯誰かがもぎ取ろうとしているような動きでした」

そして、とうとうベースが軒から外れて落ちた。配線が垂れ下がり、弾みで激しく回転するそれは、ショートしたのか激しく明滅した。

「ただ事じゃないことが起こっているのは分かるんですが、子供ですから何もできません。妹を庇《かば》ってから、父達が気が付いていないかと家の二階のほうを見上げたんです。そしたら……二階の軒のそのまた上に……横倒しの巨大な母の顔が見えたんですよ。まるで覚えのないような怖い表情をして……眼下の二階の中身を睨《にら》んでいるようでした。それは、すぐに見えなくなってしまって、最初のオーブも一緒に消えてしまったようでした」

西方さんは、何と言っていいのか分からなかった。

「……世話を焼いてくれたお姉さんですが、やはりその晩に別口で何かを見たらしくて、二度とうちには来ませんでした。……そして、翌日に母が亡くなりました」

茅野君が言うには、その時分に固まって不可解なことが続いたが、父親も一時病気になったりして、今考えると——そうは思いたくはないが——残された父子が祟られていたような気がするという。

幸いそれ以上の凶事は起こらなかったが、あのアパートの一室からは当時の記憶と同じ『匂い』がするのだと、真顔で言った。

「漠然としか言えないのですが、危険な気がします。……もう、関わらないようにしましょう」

茅野君の話は正直信じ難いものだったが、その深々とした気味の悪さから忠告を受け入れ、あの部屋はなるべく視界に入れないように、住人に関心を持たないように、そう西方さんは心がけた。

元々変化に乏しい場末の眺めである。気にしなければ、何も日常生活には影響はなかった。淡々と日々が過ぎ、秋が深まってきた。

あるとき、駐車場に駐めていた自分のセダンに数カ所もの鳥の糞の汚れを発見して、西方さんは恨めしげに通りに沿って並ぶ電柱を見上げた。

鳩の一群がずらりと電線の上に並んで、素知らぬ態《てい》で明後日のほうを向いていた。

少し離れて、大きなハシブトガラスが数羽。これも、じっと羽を休めている。

何故かこの周辺だけに鳩が住み着いているのは相当以前からだったが、最近だんだんと数が増えている気がする。

烏《からす》と鳩は喧嘩しないのだろうか。追っ払ってくれればいいのに……。

そんなことを思ったが、実際にはうまく棲み分けて共存しているようだった。

電柱の下方、駐車場の出口付近の路面は糞でかなりの面積が白く汚れていた。

しばらく前までは、そんなことはなかったのだが、近頃は駐車場から通りに出る際に、どうしても電線の下を潜る形になるので、上に鳥がいないかどうか見上げないといけなくなっていた。

人を狙って糞をしそうな……そんな性根の悪さが何故かその鳥の群れには感ぜられた。

しばらくの後、車を洗車して戻ってきた西方さんは、車を降りる前に、ついあのアパートのバルコニーのほうを見てしまった。

あの部屋の軒に付いた物干し金具から、何か艶めいて光る円盤状のものが紐でぶら下げられている。その反射が目を引いたのだった。

……どうやら、ＣＤのようだ。

二枚、金具ごとに取り付けられている。きっと、糞害に困って鳩除けに付けたのだろう。

それは理解できる。ある意味、実に自然なことだ。

……だが、あの洗濯物。

やはり、気にしないようにとは思っていても、目に飛び込んできて強く違和感を感じたものには、本能的に周囲を探ってしまうものだ。

現状、窓の内側は自制もあって見ないで済んでいたが、外側にある洗濯物は、頻繁に網膜に映る以上どうしようもなかった。

物干し金具に洗濯ロープが結ばれて、二本あるそれによく広げもしないで洗濯物がポンポンとただ置いたかのように引っ掛けられている。

洗濯の方法としてはまるでなっていないのだが、それはまあいい。

時々その洗濯物自体は入れ替わっているのだが……その内容というのか、種類がおかしいのだ。

一番ありそうな男物の下着がほとんどない。

男児向きの子供服と女児向きの子供服が、ごっちゃに干してある。

あそこにあるのは、明らかに幼稚園児が着るスモックだ。

婦人用の寝間着もあった。

一度、明らかにラインの入ったセーラー服の広衿《えり》がこちらを向いていたことがあった。

他と団子になって干してあり、乾燥しても皺だらけで着ることはできそうになかった。

そもそも、子供や、まして女学生のいる様子など全く感じられないのだ。それに、そういう特徴のある洗濯物が一度取り込まれると、二度目を見た記憶がまるでなかった。

しばらくぶりに眺めて、改めて思う。

……あんなところに、掃き出し窓用の網戸が外して置いてあっただろうか。

まるで記憶にない。室内に取り込んでおくような物とは思えないのに。

右手の窓にも隅にカーテンぽい布地が見えるが、あれは窓を覆っていたことがあっただろうか。

……外壁に開けられたエアコンのダクト穴は、カバーがされたままだ。今年の記録的な猛暑をエアコンなしで乗り切ったのか……。

室内は暗く、人気はない。

……何でこうも……あの部屋は気味が悪いのか……。


年が明けた。

正月気分が抜けて滞っていた仕事が動き出し、平常の気分になってきた頃である。

しかし、西方さんは出がけに一晩中吹いていた寒風に晒《さら》されて凍り付いた、あのバルコニーの洗濯物が目について一日中気分が悪かった。

既に凍っては溶けを、何回も繰り返しているのだ。とにかく乾き切るまで、取り入れる気がないらしい。

相変わらず、意味不明な洗濯の仕方をしており、近頃では住民の精神状態を疑わざるを得ないと完全に思っていた。

きっと部屋の中は、湿って皺だらけの古着の山なのだ。

尋常ではない。

あの部屋どころか、あのアパートそのものにさえ、最近は近寄る気が起きない。

毛を立て、丸く膨らんだ鳩の下を足早に潜り抜けて、西方さんは帰宅を急いだ。

玄関を入って、コートを脱ぐと、何か甘い香りがキッチンのほうから漂ってきた。

焼きリンゴみたいな匂いだ。奥さんが菓子のようなものを作るところは、ほとんど見たことがなかったので、珍しいなと思った。

「お帰りなさい」

西方さんの帰りに気付いた奥さんが、奥から声を掛けた。

「何を作っているんだ？」

「アップルパイ」

「へえ」

鍋で、細かく切ったリンゴをバターで煮て、フィリングにしているところだった。

「マユリちゃんにあげようかと思って。……リンゴが好きだって」

「マユリちゃん？　誰？」

職場の子かなと思ったが、何だか物言いが幼い子供を対象にしているような感じなので変だと思った。

「近所の子よ」

「近所？」

「六歳くらいの……インド人の子」

「インド人？」変に声が裏返った。何でまた？

「すっごく可愛いのよ。とてもいい子なんだけど、多分……御飯が足りていないので」

「何だそりゃ？」

話を訊くと、仕事帰りに公園に一人でいるので迷子かなと思って声を掛けたのだが、父親が二日くらい帰ってこないのだと片言で言う。

「うちでパンとスープを食べさせて家まで送ったんだけど、それが、すぐそこのアパートなのよ」

「そこのアパート？」

「駐車場の裏の……あなたが近寄るなって言ってた」

「……行ったのか」

あの部屋のことが脳裏に浮かぶ。ひょっとして、習慣やものの考え方の違う外国人が住人なら、今までのことも腑《ふ》に落ちるのかもしれない。

「連れていったらちょうど父親が帰ってきていて……いかにもインド人といった感じの人だったわ。母親はいないらしくて、親子二人で暮らしているんですって」

「……で」西方さんは、咳払いをして訊いた。

「どの部屋だ？　住んでいるのは？」

「それが……中には入らなかったけど、あそこって地下室があるのね。びっくりしたわ」

茅野君の話していた、家賃一万円の部屋らしい。

「……そっちか」

その部屋のことを話すと、

「確かにお金に困っている感じだったわね。インド料理店に勤めているとは言っていたけど……」

鍋を掻き回しながら、西方さんの奥さんは何かを考え込むようにしてそう言った。


数日して、久しぶりに茅野君がやってきた。

最近、彼女ができたらしく西方さんの家へ来るのは久しぶりだった。

そのことを少し突っ込んで訊こうかと思ったが、思いの外進展はないらしい。

「まあ、いいお付き合いをさせてもらっていますよ。そっちのほうの話は、もういいじゃないですか」

そうは言っても、他に大して話題がある訳でもなかった。

「そういえば……」ふと思い出して、

「あのアパートの例の一万円の部屋に、インド人の親子が住んでいてな」

「……へえ」

茅野君は、二人のどうやら窮乏しているらしい様子などを黙って聞いていたが、

「ああいう人達は、日本に来るのに現地の渡航ブローカーに借金している場合があるんですよ。その口かもしれませんね」

「なるほど」

　すると、玄関ドアの開く気配がして、西方さんの奥さんが居間に入ってきた。勤めからの帰りだった。

「あら、お久しぶり」

「お邪魔しています」

「悪いけど、肴はあるものでお願い。何しろ冷えちゃってお風呂に入らないと死にそう」

「どうぞどうぞ」

「あ、これ、あなたの車の下に落ちていたわよ」

　奥さんはそう言って、光ディスクを一枚剥き出しのままコートのポケットから取り出して、居間のテーブルの上に置いた。

「これは……」

　紐は付いていないが、あのアパートのベランダにあった鳩除けのＣＤではないのか。

　奥さんが車を駐めるのは、いつも西方さんのコーポの表側だ。

　西方さんのセダンの様子が見えるとしたら、駐車場の方向へ向かうか、公園前からぐるりと回り込んであのアパートの前を通り、更に歩いてその先の角を曲がってこなければいけなかった。

「マユリちゃんのところへ行ったのか？」

「……え？　ええ。サンドイッチをあげようと思って」

「……そうか」

奥さんが奥へ引き揚げた後も、テーブルの上を黙って見つめている西方さんの様子に、茅野君は眉を顰《ひそ》めた。

「それって、何なんです？」

「例の部屋のバルコニーにあった、鳩除けのＣＤだよ。多分な」

「……あっ、あれかあ」

「風の強い日が多かったから、紐が切れて飛ばされてきたんだろうな」

茅野君はそのディスクを摘まみ上げて、しばらく眺めていたが、

「これ……ＤＶＤ‐ＲＯＭじゃないですかね？」

「……何か入っていると？」

「かも、ですけれど。……傷も汚れもないので、普通に再生できそうですね。パソコンはそこにあるし……」

部屋の隅に、西方さんのノート型パソコンが置かれていた。

「だけど、関わり合うなと言ったのはおまえじゃないか」

「……我々がたまたまここにいるときに、わざわざこれがここに来たんですよ。『見ろ』と言っているも同然じゃありませんか」

「……」

どうすればそんな気味の悪い解釈が可能なのかと思ったが、気疲れが酷すぎた。もう、好奇心を抑えておくのも限界だと思った。

「見よう」

テーブルの上にノートパソコンを置き、ドライブにディスクをセットした。

読み込みが始まったが、ＤＶＤの自動再生は始まらず、ファイラーで開くと動画ファイルが二つあった。サイズは小さめだ。

ファイル名は出鱈目な記号で表示されていて、内容は想像できない。

一つ目をクリックした。

黄色い洗面器らしき容器の中に、鳩の死骸が置かれていた。

画面外から腕が伸びてきて、それの脚を持って位置の加減を直すと、おもむろに翼を広げて手羽の辺りを捻りだした。

「第一関節から外す気ですね」

ベリベリと腱《けん》のねじ切れる音がする。西方さんは、画面下部のバーをスライドさせてサムネイルをざっと見た。

「これは、鳩の解体ビデオだ。最後までそれだけだな。というか、鳩除けにここまでするか？」

「自分で撮っている感じでしたね……。ちらりと映る壁とか畳の様子も、あの部屋で間違いないですよ」

「ビデオカメラとか、これを焼くパソコンとか持ってる訳だ」

ならば、坊主頭の住人は結構裕福なのだろうか……？　だから働かない？

少し躊躇《ためら》ったが、二つ目のファイルを開いた。

……何か……墨で描いたような奇妙な絵が大写しで現れた。下地は赤黒いが、何か立体物の上に書かれているのか、描線がうねっていた。

画面の中央に、頭部が四つの花弁になったような記号様の人型。その周辺を樹木のような……枝葉のような文様が取り巻いている。

「あっ！」

茅野君が、耳元でとんでもない大声を上げた。

「どうした？」

「これは」

映像ではカメラがどんどん引いていく。絵の描かれているのは、どうやら女性の胸部だ。乳首と乳輪が顕《あら》わになり、その色彩調整のおかしな、赤黒い人物の首の辺りが見え始めた。

「これは、乳癌除けの『符』です。胸に直接書くんだ。母が書いていたのを一度だけ見たことがある」

動画は、人物の顔が見えないぎりぎりのところで終わっていた。


西方さんは、改めてあの部屋が怖くなった。

駐車場を何処かに変えようかと検討し始め、将来的にはもう一度引っ越しを考えなければいけないかと思い悩んだ。

仕事帰りの夕方だった。

駐車場に車を前から突っ込んで駐め、後ろを振り返らないようにそそくさと外へ出る。

そのまま、コーポのほうへ歩いていると、植え込みの向こう側の公園の外れに、幼い女の子がぽつねんと立って、高架道路の向こうに沈む夕日を眺めているのが目に入った。

着ている冬服が何となくちぐはぐで、例のインド人の子だと直感した。

長い髪を束ねて背中に垂らしており、いつまでも動かない姿を見ていると、何とも知れない哀感が湧いた。妻が声を掛けたという気持ちが分かった。

父親の帰りを待っているのだろうか。

少し逡巡して、ゆっくりと西方さんは女の子に近づいていった。

「マユリちゃん?」

「……うん」

黒い瞳を愛くるしく動かして、女の子は西方さんを見つめた。

「ユカさん知ってる?」

「うん」

由香は、西方さんの奥さんの名前だった。

「おじさんは、ユカさんのトモダチだよ」

「うん」

「お父さんを待ってるの? 寒くないかい?」

「……お父さん?」女の子は首を捻って、そして嬉しそうにもじもじした。

「あのね。お父さんじゃなくて、今日はね。あのね、赤いお母さんが来るの」

……赤いお母さん?

片言だから、きっと何かの意味違いだろうが……。

西方さんは、あのＤＶＤの映像の赤黒い女性を思い出して、妙な感覚に襲われた。

「あら、珍しい組み合わせ」

気が付くと、背後に西方さんの奥さんが立っていた。

「ちょうど良かったわ。三人でラーメンを食べに行きましょう」

「ラーメン！」マユリちゃんが、大声を上げた。

「大好き！」

「おまえ……そんなことをして」父親から怒られるだろうと言おうとしたが、

「大丈夫よ。許可は取ってあるから」

いつの間にそんな風になっているんだと訊こうとしたが、奥さんはさっさとマユリちゃんと手を繋いで自分の車のほうへ向かっていた。

……こんな子が欲しいんだろうか。

その様子を見て、自分達になかなか子供ができない問題も、このまま放置する訳にもいかないと西方さんは胸に刻んだ。

数日後、日が沈む頃に仕事から帰ってくると、今晩夜勤のはずの奥さんが家で待っていた。

「おまえ？」

「夜勤は替わってもらったのよ。マユリちゃんを一昨日から見ないの。一緒に、マユリちゃんの家まで行ってくれない？」

昼間一人で行ってみたのだが、部屋の中に人のいる様子がないのだという。

「何処かに出掛けているんじゃないのか？」

「マユリちゃんのお父さんも電話に出ないのよ。何だか胸騒ぎが……」

しかし、行ったところで入り口に鍵が掛かっているのなら確かめようがない。管理会社に問い合わせるしかなくなるが……。

奥さんの剣幕に押されて、渋々家を出たところで、これも仕事帰りの茅野君にばったり出会った。

事情を話すと、

「管理会社は内覧のときに知っているし、担当も分かっているので、いざとなったら連絡しますよ」と言う。

三人で、アパート前の道路を移動し、正面右手にある二階の共用通路へ上る階段の辺りへ来た。

こちら側からこの建物を見るのも久しぶりだったが、やはり何とも言えない陰鬱《いんうつ》な古び方をしていた。

一階の階段の終端から少し離れて、やや狭くなった同じ造りの階段が下方へ伸びている。アパートの右端は角口になっており、道路に沿って擁壁《ようへき》が始まっていた。

地下室と言っても、半地下のようだ。

降りきったそこは、三人が立てるスペースはあった。が、目の前に天井から外れた直管蛍光灯のベースが垂れ下がって、アルミ製のドアの前を塞いでいた。

茅野君が、露骨に厭な顔をした。

「……また、あの時をなぞっている。こんなの偶然じゃありませんよ。何かが始まっています」

西方さんの奥さんが、何を言ってるのか分からないと言う表情で見返す。

呼び鈴の類いがないので、西方さんは力一杯ドアを叩いた。

だが、一切の反応がなかった。

結局、もう暗くなってしまっていたが、茅野君が管理会社へ電話をすることになった。

残業の多い会社なのか、折良くこの建物の担当が出たらしい。茅野君は短く何かやり取りしていたが、

「どうも、契約終了で……引っ越したらしいですね」と、携帯を閉じながら言った。

「引っ越し？」奥さんが目を丸くして言った。

「何も聞いてないわよ」

西方さんは、茅野君の目顔で気付いた。

きっと……夜逃げしたのだろう。

借金取りか、ブローカーに追われたのか、外国人同士でそんなことがあるということは聞いていたが、こんなに身近で実例を見るとは思わなかった。

後で聞いた話では、茅野君が電話を掛けた頃、東南アジア系と思われる外国人数人が管理会社に来て、しつこく行き先の心覚えがないか訊ねていた最中だったのだという。

諦め切れない奥さんは、マユリちゃんの父親の勤め先の電話番号を探し出し、話をしたが、そこも「仕事は一昨日で辞めた。行き先は分からない」という返事だった。


西方さんの奥さんの意気消沈ぶりは激しかった。

食事をほとんど摂らなくなり、睡眠も浅い。夜中に目を覚まして、飲めない酒を飲んでいたりした。

西方さんは、鬱病を疑って精神科のクリニックへ連れていった。そこで処方された薬で幾分体調は良くなってきたようだった。

だが、家の中にいないので探すと、あの地下室の入り口の辺りにぼんやりと佇んでいたりする。

大事な人が急に亡くなったりすると起きる反応なのだそうで、基本的には時間が癒やしてくれるのだそうだ。

奥さんが元の気分に戻るのを、西方さんは気長に待つことにした。

そんなある日、残業で遅くなって駐車場に車を入れると、後から茅野君の車が入ってきた。

例のアパートがあるので長居したくはないのだが、茅野君が降りてくるまで待つことにした。

幸い、あのバルコニーは今日は真っ暗だった。

「お疲れ様です」

「……ああ」

連れ立って歩き出す。

「あの地下室の件ですが……」

その話は聞きたくなかったが、茅野君も事情は知っている。どうしても耳に入れたい情報なのだろう。

「例の管理会社の担当から連絡が来まして、無断退去後、中に残されている荷物が大量にあって、何か事情を知らないかと言うんです」

「荷物？　あそこは狭いんだろう？」

「それが……天井まで山積みになるくらいたくさんの……その、子供棺が」

「子供棺？」

「子供用の棺桶ですよ。三尺棺が多かったようですが、一尺とか二尺とかも」

「……いや、住んでいたんだろう？　あそこに？」

「そのはずですが……。で、中身なんですが」

「……まさか」

「いや……大量の、皺くちゃの古着だったそうです」

何だって、と言おうとしたとき、進行方向の舗道から火の粉のようなものが音もなく噴き上がった。

花火かと一瞬思ったが、風に乗る感じではなく、全体に粘性があるかのように二人のほうへ漂ってきた。

「何だ？」

「……これですよ、これ」茅野君は立ち尽くしている。

「子供のとき、家の前で見た奴です」

そして、その火の粉の奥に赤黒い影が浮かび上がり、一緒に迫ってきた。

「逃げろ！」

反対方向へ逃げ出したが、二人が来るのを待っていたかのように、あのアパートの部屋で蛍光灯のグローの点滅が起きた。

はっとして見上げると、向かって右手の部屋に、窓の半分を占めるほどの大きな〈顔〉が居座っており、左手の部屋を炯々《けいけい》と睨んでいた。

それは四十歳くらいの女性のもので、大きさを無視すれば美人と言えた。

人の顔の表情というのは、真横とか正面からではその本当の造作というのは分からないという。

やや斜め位置からの印象。

四分の三正面観ともいう。

絶妙の角度で、その艶然とした表情を見せつけると、〈顔〉はやや俯いて、その視線の先にいる坊主頭の男へ何かを囁《ささや》いているようだった。

男は手を合わせ、急に座って見えなくなった。

畳の上で、平伏しているように思えた。

「う……」

……ずっとまじまじと〈顔〉を見つめていた茅野君が、泣きそうな声で叫んだ。

「良かった！　母さんじゃない！」

その叫びを合図にしたかのように、道路上の火の粉が消え去った。

同時に赤黒い人型の影も。

そして、あのバルコニーも、また漆黒の闇に包まれたのだった。


西方さんと茅野君は、これ以後徹底的にあのアパートを忌避した。

駐車場も、随分遠くになったが契約を変えた。

そして、西方さんは一月も経つと全く会社から方向違いのアパートへと引っ越した。

後に茅野君から聞いた話では、あのインド人と同じように坊主頭の住民もいつの間にかいなくなり、またあの部屋は空室に戻ったのだそうだ。

……遺留物は、特になかったのだという。

冬の月蝕

かつて十二月に皆既《かいき》月蝕が観測された夜のことである。東京都に住む成田さんは、凍《い》てつきそうな自宅のベランダで欠けてゆく寒月を眺め、デジカメで写真を撮っていた。当時の彼は結婚して三年目、奥さんと二人で新築マンションの十階に住んでいた。

やがて月の蝕《しょく》が最大となり、満月が血に染まったように赤くなると、月光が弱まり、カメラのピントが合いにくくなる。寒さも身に応えてきたので成田さんは一旦《いったん》室内に入ろうと窓を開けた。このとき奥さんはリビングでテレビを見ていたのだが、ふとこちらを向くと、椅子を蹴飛ばすようにして立ち上がった。目を剥いて駆け寄ってくる。成田さんの腕を強く引っ張った。

「早く！　早く入って、戸を閉めてよっ！」

「えっ、何で……？」

「あの女が！　あの女が、入ってくるじゃないのっ！」

そう言われて振り返った成田さんは息を呑んだ。

ベランダの手摺《てす》りの上に人の顔が乗っていたのである。見覚えのない若い女の、小さな丸い顔で、猫のように大きな両眼がぎらっと鋭く光っていた。身体は手摺りの向こうにあるのか、見えなかった。

「危ない、そんな所で！」

成田さんは生きた人間がそこにいるのかと思った。止めさせるべく、再びベランダへ出ようとすると——。

女の顔が宙に浮かんだ。首から下は何もなかった。栗色の長い髪だけが長々と垂れ下がっている。

しかし、成田さんが驚愕して棒立ちになった次の瞬間、女の生首は消えてしまった。それで再び驚き、堪らず窓を閉める。

それでも気になるので、数分経ってから窓を開けて恐る恐るベランダへ出てみると、いつの間にか、ベランダの床一面に長い栗色の髪の毛がごっそりと落ちていた。街灯に照らされた道路を見下ろしても、やはり生身の人間は落下していなかった。

落下事故が起きなかったことは幸いだが、住まいに生首が出たとなると、もちろん良い気はしない。複雑な気分でリビングに戻って奥さんを見ると、気が抜けたのか、顔が無表情になっている。思えば彼女の言動にも不可解なところがあった。

「なあ、どうしてさっき、〈あの女〉なんて言ったんだ？」

と、訊ねてみた。まるで女の生首のことを前から知っていたかのように思えたからだ。けれども奥さんは黙り込み、目を合わせようとすらしない。幾ら訊いても何も答えなかった。いつもの彼女とは別人になってしまったように思えて、成田さんは気味が悪くなってきた。もはや月蝕の観察どころではないので、奥さんを促してベッドに入った。ただし、気になってよく眠れなかったという。

冬の長い夜が東の空から明けてくると、彼は早々とベッドから起き出した。ベランダには大量の髪の毛がそのまま残されている。

（さっさと片付けてしまおう）

箒《ほうき》と塵取りを手にして掃除をしていると、奥さんが起きてきた。

「何よ、その髪の毛⁉」

目を瞠《みは》って立ち竦《すく》んでいる。奥さんは前夜のことを何も覚えていなかったそうである。このときにはいつもの彼女の表情と喋り方に戻っていた。

皆既月蝕の夜だったことと、女の生首の出現と、奥さんが起こした異常な言動との間には、何か関係がありそうだと、成田さんは思った。

とはいえ、確かなことは何も分からないままであったが。

雪を踏む音

白井さんは高校時代にワンダーフォーゲル部に所属していた。二年生の冬に山梨県の高い山へ、部員十名と顧問の教師一名で登山に行った。

一月のことで、山には雪が積もっていた。冬の空は気まぐれで、灰色の雲が垂れ込めて雪が降ってきたかと思うと、急に止んで青空が広がる。やがてまた降ってくる。そんなことを繰り返していた。新雪が積もった場所に飛び込むと、胸まで雪に埋もれてしまう。

それでも無事に山頂まで到達した。今夜は近くにある山小屋で一泊する予定である。

山小屋には、彼らの他に宿泊客はいなかった。白井さん達は湯を沸かして持参したインスタントラーメンなどを食べた。日が暮れると雪は止んだが、寒さが厳しくなってきた。山小屋の中まで凍るのではないか、と思えてくるほどの冷え込みようだ。

夕食を済ませてしばらくは冗談などを語り合って過ごしたが、後はやることもないので登山靴を脱ぎ、寝袋に入って眠ることにした。登山靴は編み上げなので、必ず靴紐を解いておく。縛った状態で凍結してしまうと、すぐには履けなくなってしまうからだ。

他の部員達はすぐに眠ったようだが、寒いのが苦手な白井さんはなかなか眠れず、身体を丸めてじっと我慢しているしかなかった。

真夜中になって……。

彼は外から響いてくる足音を聞いた。

(こんな時間に……?)

驚いて耳を澄ます。足音がはっきりと聞こえてきた。風は止んでいる。

ザッザッザッザッ……。キン……。ザッザッザッザッ……。キン……。

ザッザッザッザッ……。キン、キン……。ザッザッザッザッザッザッ……。

金属音が混ざるのは、ポール(杖)や靴に取り付けたアイゼン(爪)が凍った雪に当たる音だろう。獣の群れではないらしい。複数の人間、それも十人以上いるのではないか。

(変だな。こんな時間に登山かよ)

夜中に雪山を歩くのは自殺行為に等しい。白井さんは足音の主達が山小屋に入ってくるものと考えた。だが、雪を踏む音は小屋の前を何度も行ったり来たりしている。

(どうして入ってこないんだろう?)

足音はその後も往復を繰り返していた。

(幻聴かな?　それにしては、やけにはっきり聞こえるんだが……)

気になってはいたが、寒すぎるので寝袋から出て、わざわざ外へ様子を見に行く気力が湧いてこない。そのまま動かずに朝までやり過ごすことにした。足音はやがて止んだ。白井さんは目を閉じたが、冷え込みは厳しくなる一方で、全く眠れなかった。

長い夜が明け、辺りが明るくなり始めた。白井さんは早々と寝袋から出て靴を履こうとした。ところが、解いてあったはずの靴紐が結ばれていて、履くことができない。靴は叩けば、キン、キン、キン！　と音がするほど凍っていた。

「誰だよ、こんないたずらしたのは？」

白井さんは他の部員達を詰問した。

しかし、他の部員達の靴を見ると、全員の靴が同じように紐が縛られた状態で凍結している。皆、呆然とした表情で否定した。更に顧問の男性教師までが、

「俺の靴もだ……。とにかく暖炉の火に近づけて、早く靴を温めろ」

それだけ指示すると、難しい顔をして黙り込んでしまう。

白井さん達は言われた通りにした。靴下一枚で冷え切った床の上を歩くのは辛かった。全員の靴を覆っていた氷がすっかり融けたところで靴紐を解き、靴を履いて紐を縛ると、すぐに下山を開始した。

気味が悪かったので、その山には二度と行っていないという。

大雪の火葬場

　数年前の冬のこと。四十代の女性、白河さんのお父さんが癌で亡くなった。

　お父さんは生前に様々な怪奇体験をしたことがあり、死後の世界の存在を信じていた。入院した病院では余命宣告をされなかったが、

「俺はもう助からないだろう」

　お父さんは病室のベッドの中で、妙に明るい声でそう言った。

「そんなことないわよ。きっと治るって」

　白河さんは気休めを言ったが、お父さんの癌がかなり進行していることは分かっていた。

「いいんだよ。それよりも俺はな、死んだら化けて出てみたいと、前から思っていたんだ。それで、この世に怪奇現象が本当にあることを証明してやりたいんだ」

「お父さんはまだまだ生きられるよ。……でも、もしものときは、私達の前に出てきてね。お父さんがいなくなったら寂しいから」

「ああ。約束するよ」

　お父さんは満足そうに笑う。彼には元々奇矯《ききょう》なことを好む性癖があった。

さて、葬儀当日は朝から大雪になった。

告別式が終わり、お父さんの遺体を納めた棺は雪の中を火葬場へと運ばれた。火葬場で棺が霊柩車《れいきゅう》から下ろされた後、白河さんの中学生の娘が不意に小さな悲鳴を上げた。

「今、後ろから頭を叩かれたの！　誰がやったんですか？」

娘が振り返ったものの、彼女の後ろにいたのは大人ばかりで、誰もが否定する。

「じゃあ、きっとお祖父ちゃんよ。本当に出てきてくれたのね」

白河さんが病室での会話の内容を手短に語ると、親族一同に笑顔が広がった。お父さんの幽霊なら怖くないし、むしろ会ってみたい、と思ったらしい。

そのとき、大学生の甥《おい》が手首に嵌めていた数珠《じゅず》が、不意に大きな音を立てながら辺りに弾け飛んだ。更に高校生の姪《めい》が顔を歪めて、

「むうん……」

と、苦しげに唸ったかと思うと、急に顔付きが変わって、

「や、く、そ、く、は……ま、も、った……」

お父さんの声でそう告げた。姪は白目を剥いて、その場に昏倒《こんとう》してしまう。

「お父さん、やり過ぎよっ！　もうやめてっ！」

親族一同、大混乱の中で遺体は荼毘《だび》に付されたそうである。

プールの真上の体育館

野村さんが通っていた女子高校は体育館が二階にあり、一階に室内プールがあった。

彼女が入学したとき、プールは水にアオコが蔓延《はびこ》って緑色に染まっていた。水泳部がない学校だったし、夏場に体育の授業で使われることもなかったので、ずっと同じ水が溜まったままで汚れていたそうである。過去には授業で使われていたが、数年前に生徒が溺死してから使用されなくなったのだ。幽霊が出るとの噂があったが、どんな現象が起こるのか、野村さんは聞いたことがなかった。

さて、野村さんは卓球部に所属していた。

体育館といえば何処もそうだが、天井が極めて高い。ここはバスケットボール部やバレーボール部、体操部などが使う二階部分の他に中三階が設けられていて、そこが卓球部の練習場所になっていた。

冬の夕方のこと。練習が終わったので一年生の野村さん達は手分けして体育館の窓ガラスのカーテンを閉めることになった。外は既に真っ暗になっている。夜空に懸かった半月も凍るかと思えるほど、冷え込んできた。

野村さんが窓辺に近寄って、一枚のカーテンに手を掛けたときであった。

青いジャージを着た若い女が、いきなり窓の向こう側に現れた。手足を動かさず窓の下のほうから浮かび上がる様は、まるでガラス張りのエレベーターに乗って上昇してきたように見えたという。

女は野村さんの真正面で空中に静止した。そこには大きな窓があるだけで、足を掛けて体重を支えられる場所はない。

野村さんは無言のまま凍ったように立ち竦んだ。

女は背が高くて髪は肩に掛かる程度。色黒で顔が大きく、頬骨《ほおぼね》が突き出しており、顎が尖っている。目は細く吊り上がっていて、鷲鼻《わしばな》が目立ち、分厚い唇を閉じていた。お世辞にも美女とは言えない顔立ちで、まるで表情がない。

初めはこちらを覗き込んでいたが、急に窓ガラスに向かって口から緑色の液体を勢いよく吐きかけてきた。野村さんは今度は悲鳴を上げ、目眩を起こして腰を抜かしてしまう。

「どうしたの⁉」

悲鳴を聞いて駆け寄ってきた卓球部の同輩達も「ああっ！」と瞠目《どうもく》した。

野村さんが倒れたわずかの間に女は何処かへ姿を消していたが、窓ガラスには縦横二メートルほどの範囲に亘って緑色の液体が付着していた。アオコだらけのどろどろした汚らしい水だったという。

あの女が着ていたジャージは、確かに彼女の学校の体育着であった。野村さんは、あれこそがプールで死んだ生徒の幽霊かと思い、教師や先輩に訊いてみたが、

「一階のプールで死んだのは、小柄で可愛らしい子だったよ」

と、言われたそうである。

あとみよそわか

二十五年も前に亡くなってしまったが、敷島さんの祖母は「まじない」の類いをよく知っている人だった。

本人が言うには、それは何か勉強したとかではなく、伝え聞いたことを忘れないでいただけだとのことだった。若い頃の日常で、何となく覚えたのだと。

が、自身の知人が病気になったりすると白紙の切り紙を用意し、何処かの泉水を汲んできて墨を磨《す》り、慣れた手付きで疾病平癒《しっぺいへいゆ》の御符をしたためて送っていた。

数種類しか書けないとは言っていたが、何やら複雑な曲線で構成された図柄は、正に山岳信仰系のそれと思われた。

「見よう見まねだよ。門前の小僧の何とやら」

だが、結局何処で覚えたのかという話は最期まで聞かせてはくれなかった。

敷島さんが、その「まじない」の話をよく聞かせてもらっていたのは子供の頃だった。

そのため、詳細はほとんどは忘れてしまったそうだ。だが、一つだけ簡単なものがあって、また何度も繰り返していて思い出深かったものがあった。

小学生の頃、よく忘れ物をしていたのだが、

「おまえは、女の子なのに慌てん坊さんだからねえ。忘れ物をしないおまじないを一つ教えてあげよう」

お祖母さんは、そう柔らかく笑って言ったそうだ。

「簡単だから、毎日おやり」

それは、言の通り実にシンプルなもので、家を出る際に「あとみよそわか」と三回唱えて、後ろを一回振り返るというものだった。

敷島さんは言われた通りに、毎日それをやった。

最初は、半分面白がってやっていただけだったが、繰り返すうちにすっかり習慣になってしまった。

確かに不思議と思い出す。

忘れ物は激減したが、おまじないのことを忘れない限り、自動的に忘れ物のことに思考が連鎖するので、実に当たり前の結果だなと内心では思っていた。

であるので、小学校の高学年にもなると、さすがにその習慣は廃《すた》れた。

敷島さんが社会人となって間もない頃、まだ出社自体に緊張している時分のことだ。

独立して、京都のワンルームマンションから通勤していたのだが、ある朝寝坊して慌ただしく玄関を出ようとした。

〈あれっ？　今日何か持っていくものがあったっけ？〉

ふと思ったが咄嗟に思い出せなかった。

何故か、あのおまじないが久々に口を突いて出た。

「あとみよそわか、あとみよそわか、あとみよそわか」

後ろを振り返る。

部屋の一隅で、何か黒っぽい影のような物が壁の後ろに隠れたような気がした。

「え？」

だが、正に気がしただけで、実際にはカーテンの隙間から朝日の射し込む白々とした自分の部屋がそこに見えているだけだ。

が、すぐに奥にあるローテーブルの上でレジ袋がくたりと折れ、中にあるものがずるりと手前側に滑り出てきた。

事務用品店の包み紙。

そして思い出した。

あれは、ステープルリムーバーだ。

今日、大量の書類の綴《と》じ直しがあるかもしれないと思って、昨日帰りに買っておいた物だった。コンビニにも寄ったので、お菓子類と一緒くたにしてそのままにしておいたのだ。

「……でも、何であれだけ」

滑り出てきたのだろう？

忘れ物は見つかったが、何だか釈然《しゃくぜん》としない。

「……いけない。電車の時間……」

慌ててリムーバーを取りに奥まで引き返したが、その件はまた多忙な日常の中で埋没して、その日のうちには半ば忘れてしまっていた。

随分経って、会社が休みの日に敷島さんは外出しようとしていた。

靴を履いて、玄関ドアを開けようとしたときに、急に何か大事なことを忘れているような気がしてきた。

〈……何だったっけ？〉

どうにも思い出せない。むしろ、シチュエーションの繋がりで、あの「おまじない」のことのほうが先に思い出された。

〈……けどなあ〉

確か前回あれをやったときは効果覿面《てきめん》だったが、覿面すぎて随分薄気味悪かったはずだ。

だから、あれ以来やってはいない。

またやって、同じようなことが起きるのは、何となく厭だった。

不可思議なことは嫌いな質なのだった。

敷島さんは逡巡していたが、逡巡していることがそのうち馬鹿馬鹿しくなってきた。

他愛のない、口伝のおまじないではないか。

何が起きるというのか。

そもそも、厳密には何も起きてはいないではないか。レジ袋が自重で傾いただけだ。

そう思いつつ、思考のほとんどを思い出すことに費やしながら、上の空でおまじないを行った。

「あとみよそわか、あとみよそわか、あとみよそわか」

振り向いた途端。

目の前の宙空から紙片が舞い降りてきた。

支払期限が今日までの、携帯代金の振込用紙だった。

「おまじない」は封印された。

あのときの振込用紙は、送られてきていた電話会社の封筒から出した記憶はあった。だが、多分そのまま郵便物の中に埋もれさせていたので、あのタイミングで偶然目の前に現れるはずはなかった。

それに、何処から降ってきたのかも不明だった。

であるので、奇怪すぎて敷島さんはもう二度と口にすまいと誓ったのだった。

……だが。


敷島さんは結婚して姓も変わり、住まいも大阪府へ移って新築の一戸建てになっていた。

およそ十年後だという。

ある朝、幼稚園児の娘を送迎バスまで送ろうと玄関先へ向かったとき。

靴を履いて立ち上がった娘が玄関ドアのほうを向きながら、唐突に「あとみよそわか」を唱え出した。

「……あ、あんた何でそれ知ってるの！」

「……わかんない」

そう言って、娘が振り向いた途端、敷島さんの携帯が鳴った。

実家からだった。

……そうだ。

敷島さんは思い出した。

昨日は父の誕生日だった。

久しぶりに電話をして、近況を報告しようと思っていたのだ。

……だが、うっかり忘れてしまっていた。

「……もしもし？」

電話を取ると、母の声が震えながらこう伝えた。

父親が早朝にトイレに立ったが、そのまま中で意識を失ったらしい。すぐに発見されたが、今運ばれた病院で亡くなった、と。

春、桜の木の上には

若い女だ、桜色の着物を着た。

目に涙を溜めている。

その女が馬乗りになって、首を絞めてくる――。


四月の深夜、自宅の寝室で眠っていた泉田さんは、そんな夢を見た。あまりの息苦しさに目を覚ますと、果たして――。

夢に出てきたのと同じ女が、彼の喉を両手で締め上げていた。泉田さんは息が止まらんばかりに驚いたが、防衛本能が恐怖心を上回った。咄嗟に死に物狂いで女を布団ごと横へ投げ飛ばす。彼は大柄で力も強かったので、華奢《きゃしゃ》な女は吹っ飛んでしまった。

「……誰だ、おまえはっ⁉」

部屋の中が暗くて女の人相はよく見えなかったが、身なりからして強盗とは思えない。

何故こんなことをされるのか、訳が分からなかった。

女は何も答えずに姿を消した。

（幽霊だったのか！）

泉田さんはまた驚いたが、すぐに電灯を点けた。部屋が明るくなると勇気が湧いてくる。同時に庭のほうから女の苦しげな息遣いと呻き声が聞こえてきた。泉田さんは寝室の襖を開けて縁側へ出ると、更に窓を開けた。庭に桜の大木が一本あって、ちょうど花が満開に咲いている。月光に照らされた花々が、白く浮き上がっていた。その下に先程の女が立っていて、

「苦しい……」

今にも泣き出しそうな声で呟くと、消えてしまった。

この桜は百数十年前に先祖が植えたとされる大木で、泉田さんは亡き父親から、

「あれは御神木だから、絶対に伐ってはいかん」

と、常々言われていたものである。

けれども、泉田さんは〈本当かな？　たかが庭木じゃねえか〉と軽く考えていた。

彼の家は両親の代まで農家であった。彼自身は農業に興味が持てず、両親が亡くなると田畑を売り払ってしまったのだが、自宅は昔ながらの造りで庭が広く、入り口には門がない。その気になれば誰でも庭へ入ってくることができる。特に今は泉田さんが妻子と離別

して独り住まいをしていることから昼間は無人になることが多く、留守中によその子供が入り込み、桜の木に登って遊ぶようになった。

　十歳くらいで半袖半ズボン姿の、見知らぬ少年が二人。車で帰宅した際に何度か発見して注意しようとしたことがあるが、いつも車から降りる間に逃げられてしまう。

（俺の家を断りもなく遊び場にされたんじゃ敵わねえ。第一、怪我でもして俺のせいにされた日にゃ、余計に敵わねえ）

　何処の家の子か分かれば親に訴えて注意させることもできるが、分からない。数年前、近くに新興住宅地ができたので、よそ者かもしれない、と思った。そこで桜の幹に有刺鉄線を幾重《いくえ》にも巻いて『木に登るな！　危険！』と赤ペンキで書いた板を取り付けた。効果はあったらしく、このところ子供達は来なくなっていたのだ。

　さて、朝になって泉田さんが庭へ出てみると、桜の樹皮に有刺鉄線が食い込んでいた。

（ははあ。これで「痛い」と訴えに来た訳かい）

　女が現れた理由は呑み込めたが、

（ふん。人の首を絞めておいて頼みごとかよ。木の分際で生意気な）

　不愉快だったので有刺鉄線はそのままにしておいた。

翌日の未明。

泉田さんが眠っていると、胸の辺りに激痛を感じて目が覚めた。昨夜とは異なり、身体が全く動かない。掛け布団が捲《めく》られて昨夜の女がまた馬乗りになっていた。しかも左手に何かを巻きつけ、拳を彼の右胸に押しつけている。

有刺鉄線であった。

今夜は女の姿が幽《かす》かな光に包まれていた。それで顔立ちもはっきりと見える。色白で小さな美しい顔をしているが、眉を逆立てていた。彼女の手にも有刺鉄線は突き刺さっているはずだ。しかし痛みを感じないようで一度引き抜くと、今度は左胸に押しつけてきた。

鋭利な金属の棘が皮膚と肉を貫く。泉田さんは飛び上がらんばかりの激痛に襲われたが、全身から脂汗が噴き出してくるばかりで悲鳴を発することもできなかった。

次に女は、拳に巻いた有刺鉄線を解き始めると、長く一本に広げてゆく。それを泉田さんの喉に降ろしてきた。棘が喉に突き刺さって皮膚が破れる。鉄の臭いがプンと漂ってきた。それが有刺鉄線の臭いなのか、彼の血の臭いなのか、分からなかった。

(こんなのを首に巻かれたら死んじまうぞ!)

泉田さんは生きた心地もしなかった。嫌な予感は当たって、女が彼の頭の下に手を差し込んできた。有刺鉄線が首にぐるりと巻きつけられようとしている。

（分かった！　分かった！　分かったよ！　許してくれ！　朝になったら、幹に巻いた有刺鉄線を解くからもう止めてくれ！　お願いだ！）

必死に念じると、音もなく女の姿と有刺鉄線が消えて、身体の自由が利くようになった。すぐに起き上がって電灯を点ける。明るくなると溜め息が自然と溢れ出た。

（もしかしたら、悪い夢だったのかもしれない……）

だが、首に手を当ててみると少しではあるが血が付いてきた。パジャマとシャツを脱いでみれば、胸からも出血している。細くて鋭利なもので刺されたと思しき傷痕が無数に残っているので、事実だったとしか思えない。約束した通り、朝になると桜の幹から有刺鉄線を取り払った。そして代わりに庭の入り口に門扉《もんぴ》を造ることに決めた。

やがて桜の花は散り、女も現れなくなったのだが……。

ある日、泉田さんは外出先から帰ってきて、車を庭に入れようと一旦下車した。門扉を開けながらふと桜の木を見ると、葉を茂らせた枝の上に座っている少年が二人いた。

「こらっ！　下りてこい！」

少年達は不服なのか、唇をタコのように尖《とが》らせてこちらを見下ろしている。

（また戻ってきたのか。馬鹿な奴らめ、今度こそ逃がすものか！）

泉田さんは桜の木めがけて猛進した。

すると、少年達の姿は木の上から消えてしまった。

その後も、少年達は時折姿を現すことがあるという。

童女

茨城県でのことである。春休みで家にいた大学生の男性、小野さんは母親に頼まれてスーパーへ買い物に行った。商品を籠に入れてレジに並んだとき、ふと背後に人の気配を感じた。他の買い物客が後ろに並ぶのはよくあることだが、このときは何となく気になって、振り返ってみたという。

果たして、五～六歳くらいの女の子がこちらを見上げていた。赤いワンピースを着て、髪をポニーテールに結んでいる。保護者と一緒にいないのが些か奇妙に思えたが、迷子になって助けを求めている風でもない。迷子ならば狼狽《うろた》えているものだ。その子は無言で、落ち着き払っているように見えた。

（迷子でないなら、心配する必要もないか）

小野さんは一度視線を逸らした。だが、もう一度振り返ってみると、女の子はまだこちらをじっと見上げていた。無表情で何を考えているのか、分からない。スーパーの籠は提げていないし、商品を手にしてもいない。何のために並んでいるのか、不明なのである。

（レジの店員に用でもあるのかな？）

小野さんは会計を済ませてから、また振り返ってみた。

女の子はいなくなっていた。別の客が順番を待っている。

(おや、いつの間に……？　何処へ行ったんだろう？)

辺りに視線を走らせてみたが、見当たらなかった。おかしなことがあるものだ、と思いながら帰宅した。

それから当分の間は何も起こらず、女の子のことも忘れていたという。

しかし、二カ月が過ぎた頃。

自室のベッドで眠っていた小野さんは、真夜中にふと目を覚ました。仰向けの状態から横向きになろうとしたが、身体が全く動かない。

しかも何と、前にスーパーで出会ったあの女の子が自分の身体の上に馬乗りになっていた。無表情のまま彼を見つめるその手には、文化包丁が握られている。

小野さんは身長一八三センチ、体重九十五キロの立派な体躯の持ち主で、柔道の有段者である。そんな彼でも全く身動きが取れず、冷や汗ばかりが頭から噴き出してくるのを抑えることができなかった。

女の子が包丁の柄《つか》を両手で握り締めた。大きく振り被って……。

(うわ！　や、やめろっ！)

必死に声を出そうとしたが、叶わなかった。

女の子は勢いを付けて包丁を振り下ろしてきた。無表情のまま、何の躊躇いもなく、いきなり彼を刺してきたのである。左胸に激痛が奔《はし》った。凶刃が筋肉を貫き、肋骨を割って心臓に近づく。童女のものとは思えない、凄まじい力であった。

苦悶する小野さんを見下ろしていた童女の顔が変わった。にやり、と笑ったのである。

その狡《ずる》そうな目付きには、子供らしからぬ凄味があった。

（もう駄目だ！　俺は死ぬ……）

小野さんは暗闇に引き込まれていった。


目が覚めると朝になっていた。

（生きてる！　ああ、良かった。夢だったんだな……）

小野さんは安堵したが、確かに夢だったことを確認しないと気が済まない心持ちであった。そこで鏡の前で上半身裸になってみたところ、彼の左胸には包丁で刺されたような傷痕がくっきりと残されていた。

ただ、血は出ていないし、痛みもない。何故刺されたのか、童女に怨《うら》まれる覚えはなく、原因は何も分からなかった。おまけに傷痕は翌日になると、すっかり消えていた。

それから三カ月が経った夏休みのこと。

小野家は父親が電気工事を行う小さな会社を経営しており、小野さんも休日にはよく仕事を手伝っていた。作業はまず、民家の屋根に梯子を掛けて登ることから始まる。そして屋根の上を移動しようとしたときのこと。

小野さんは目の前に、紫色をした生首があることに気が付いた。忘れもしない、あの童女の顔が双眸を光らせてこちらを見つめていたのである。仰天した小野さんは約三メートルの高さから転落し、地面に片手を突いて骨折してしまった。

柔道で鍛えていたというのに、あまりにも簡単に骨折したので驚かずにはいられなかった。結局、病院へ通院したり、御祓《はら》いをしてもらいに神社へ行ったりする羽目になった。

それ以降、この童女は現れていないという。

景色

あらまあ、本当にお久しぶりですねえ。お身体を悪くされたようにお聞きしましたが、大丈夫でしたか？

え？　復活した？　異常なし？

それはまあ、本当にようございました。また御贔屓《ひいき》にお願いします。

……ええ、まあ、女の子もほとんど入れ替わっていますねえ。私ももうほとんど裏方ばかりなんですけれど、懐かしいお顔をお見かけしたもので、ついしゃしゃり出てしまいまして。

はい、ヘネシーですね。ありがとうございます。

……え？　そりゃあまあ随分お見限りでしたし、値段も少しは変動致しますよ。うちは変わらないほうなんですよ。

あ、こちらは今度入ったばかりの子です。少し無口な質なんですが、そうそう――そういえば怖い話が得意なんですよ。

ちょうど良かったのではありません？　きっとまたその手の子を探しておられるんで

しょう?

……え? 私に聞きかけの話があるんですか?

何でしたっけ?

……ああ、先々代のオーナーの話ですね。


先々代は、水商売を本当に真面目に考えていた方でしたねえ。二言目には、おまえらは酒を売っているんじゃないぞ、って言われるのが口癖でね。

私もまだ若かったから、何を仰っているのかよく分からなかったですねえ。

何を売っているんだ、って、こう従業員を睨《ね》め回すような感じで訊かれるんですよ。

分からないのか、おまえらは「空気」を売っているんだと憤然《ふんぜん》として仰る。

……それでもまだ何のことだか分からないですよね。

つまり、酒場での「活気」「雰囲気」を売っているんだと。

客は遊びに来ている、だから別世界、非日常の空気こそが商品なんだと仰ってました。

……まあ、ちょっと胸を突かれましたね。

非常に鋭い方で、御存じのように本業のほうでも大成されてましたし、さすがだ、とても刃向かえるような人じゃないと……。

そういう方でしたが、何しろその頃にはもう御高齢で、息子さんに事業を譲ろうとしていた時分でしたね。

え？　相変わらずここは女の子はボックスの奥の席には座らせないのか、ですか？

うちは由緒正しいクラブですからねえ。

せいぜい逃げられないように、お喋りしてくださいな。


……。


そうそう。

このくらい、宴も酣《たけなわ》になった頃に、先々代はちょうどこの席の辺りから立ち上がって店の中を見渡しておいでtoo。

何度かそういうお姿をお見かけして、不思議に思っていたのですが、当時のママ……この店の名前になっている方ですけれど……が、教えてくれたんですよ。

あれは「景色」を御覧になっているんだと。

つまり、店の「空気」とか「活気」とか、客層とか、ホステスの気働きとかを総合的に見ている。

それを、先々代は「景色」って仰ってたんだそうです。

大抵の場合はそのまま黙ってまたお座りになられるんですけれど、たまに「いい景色だ」って仰るときがあって、ママはそれが一番嬉しいと言われてましたね。

……ところがですね。

私はまだ入って一年目くらいでしたねえ。入り口に一番近いボックスで指名を受けてたんですが、そこがお開きになって表へ送りに出たんですよ。

で、タクシーを見送って店のドアを開けた途端、一番奥に立っていた先々代と目が合ったんです。

いつも「景色」を見る、ここの席の前にちょっと普段と違う佇まいで、じっとしておられました。

……それがもう、何とも言えない怒気をはらんだ目付きなんですよ。手がわなわなと震えているようで……。

私は何か気が付かないうちに、大変な粗相《そそう》をしたのかもしれないと思って真っ青になりました。

でも、すぐに先々代は実は私の背後を見ていることに気付きました。

……背後と言っても、すぐ後ろに黒いドアしかないんですけどね。

「鈴ちゃん」

ママがそう言ってカウンターで手招きをされていたので、そちらへ行くと先々代もすぐに来られました。

私には目もくれずに、先々代はママに、

「最近、急に来なくなった客はいるか？」と訊かれました。

「四十絡みで、中肉中背、オールバックで安いスーツ」

ママはちょっと考え込んでいましたが、

「……それなら、古谷さんかしら？」

古谷さんなら私もよく知っていました。自動車部品を扱っている会社の課長さんだかで、時々若い社員を連れて来て気前よく飲ませていた……。お金の払いも綺麗な感じで、女の子にも優しい……所謂上客でした。

……でも。あの方には、一つだけ困ったところがありました。

「口説かれたか？」

先々代は、単刀直入に仰いましたが、古谷さんはたまに諄《くど》いくらいママに絡んでいることがありました。

「……ええ。でも、何も……」

「だろうな。だが、迷っているぞ」

迷っているって言うことは、古谷さんは既に死んでいるという意味でしょうか。

……ですが、確かにしばらく来店はありませんでしたが、私にはとても信じられませんでした。

先々代とママは目顔で何か頷き合うと、カウンターの奥の調理場のほうへ向かっていかれました。

そして、私にも付いてくるように言われました。

「……君も、肩が重いだろう？」

仰る通り、つい先程から首筋の辺りが強ばって、両肩が抜けそうに怠くなっていました。

「一緒に入ってきたからな」

狭い調理場を抜けると、従業員の控え室と所謂「裏の事務所」があります。

先々代は、そこの書類棚から大判の封筒を取り出され、中の紙の束から何かを探しているようでした。

「ああ、あった」

それは、半紙に朱液で意味不明の模様の描かれた……御札のようなものでした。

五枚ほどあり、先々代は私とママにそれを一枚ずつ畳んで持たせました。

「幽霊除けの真符だ。当分……身近に持っていなさい」

そして、二人とも今日はもう切り上げて帰るようにと言われました。

……え？　それで？

私は、家に帰りましたが、別にその後は何もなかったですね。

体調も、いつの間にか良くなっていました。

……肝心の幽霊は見てないのかって？

……うーん。

翌日ですけど、私は早めに店に来たんですよ。こういう商売だから、夕方です。

そしたら、先々代の会社の従業員……◯◯興産の若い人達が、黒いビニールのゴミ袋をたくさん店から運び出しているんですよ。

口がまだ緩かったので、中身が見えたんですけど、前の日に先々代から頂いた……幽霊除けの真符？　それと同じものが、丸められてごっそりと詰まっているようでした。

……何で、ですか？

私にはよく分かりませんでしたが……昼間のうちに中で何かしたんでしょうねえ。

袋は、ゴミ置き場のある路地裏に放り込まれていました。

気持ち悪くて、それ以上見ませんでしたけど……。

けど……。

しばらくして従業員室のゴミを出しに、裏口からそこへ行ったんです。

すると、いつもはいやしないたくさんの烏が、黒いビニール袋に首を突っ込んで中を漁っていたんですよ。

ただの紙切れなのに、一所懸命に。

引きずり出された紙に描かれた朱が……まるで血に見えてですね……。

——ママが連絡を取ってみたそうなんですが、古谷さんはこの話の一週間ほど前に急死されていたそうです。

原因は分かりません。誰も教えてくれなかったそうです。

こんな話で、良かったですか？

喜んで頂けたのなら、私も嬉しいです。ええ……。

……。

初夏の九番カーブ

隆夫さんが住む町には低い山がある。彼は若い頃、

「あの山の九番カーブは心霊スポットらしい」

との噂を友達から聞いた。

「何が起きるんだ？」

「知らん。とにかく何か起きるらしい」

詳しいことを知りたかったが、友達の返事はさっぱり要領を得なかった。そこで好奇心が強い隆夫さんは、初夏のよく晴れた日に一人で現地へ行ってみた。

雑木林の新緑が瑞々《みずみず》しくて、いかにも爽やかだ。アカマツの木でハルゼミが鳴いている。

山へ登る道路には下からカーブごとに〈一番〉〈二番〉と記された札が立てられていた。

九番目のカーブまで来たとき、道路脇にカーブミラーがあることに気付いた。車から降りて辺りを見回す。他に道路を通る者はいなかった。路上や周囲の雑木林に怪しげなものは見当たらない。最後にカーブミラーを見上げると――。

隆夫さんの姿が映っていなかった。まさか！　昼間のことで視界は良好のはずだ。

立ち位置が悪いせいではないかと思い、前後左右に動いてみたが、やはり姿が映らない。

(何だよこの鏡、壊れているのか?)

しかし、見たところ割れた部分もなく、景色が普通に映っている。彼の視力は左右ともに二・〇あり、目のせいとは思えない。気味が悪くなって引き揚げてきた。

それでも気になっていた隆夫さんは、後日友達三人を誘って同じ場所へ行ってみた。やはり晴れた日の昼間である。ところが、今度はカーブミラーに彼と友達三人の姿が映った。

「何だよ、映るじゃんか」

「本当だ。変だなあ、そんなはずは……」

腑に落ちなかった隆夫さんは、別の日の昼間にもう一度、一人で行ってみた。九番カーブに着いて、少し緊張しながらミラーを仰ぐと――。

彼の姿は映らなかった。道路と背後の木立が映っているだけなのだ。また気味が悪くなってすぐに引き返してきたが、その晩から徐々に左目の視野が狭くなってきた。視界の端がよく見えず、その範囲が日に日に広がってきたので眼科医の治療を受けたものの、一向に回復しなかった。

彼の右目の視力は今でも二・〇である。だが、左目はほぼ失明している。

他人の荷物

五月下旬の晩、金丸さんは友達が経営する居酒屋へ夕食を兼ねて飲みに行った。彼は週に二度はこの店に通っているのだ。

「おう、いいところへ来たな」

経営者の田所さんから、女性客を紹介された。二十代の半ばくらいで、中背の痩せ型、顔立ちは十人並みよりも上に見える。

（おっ、女を紹介してくれるのか。しめた！）

独身の金丸さんは内心喜んだが、顔には出さないようにした。当時彼は五十歳であった。

その女性は白いトレーナーを着て、グレーのジーンズを穿いていた。服装は地味なのだが、明るい茶髪のショートカットで化粧が濃く、何処かちぐはぐな印象を受ける。

女性が小さく頭を下げた。何も言わず、無表情であった。

「こちらは愛里ちゃん。佐和子の友達だ。おまえに相談したいことがあってね」

佐和子さんというのは、田所さんの若い後妻である。無口な愛里に代わって、田所さんが語り始めた。

愛里は数年前から虚蔵《むろぞう》という古風な名前を持った三十歳の男性と付き合うようになり、彼のアパートで同棲を始めた。ところが、次第に喧嘩をするようになって、今年の一月から別居に至った。アパートから逃げ出すように別居を始めると、やがて愛里には新しい彼氏ができたという。

虚蔵からはすっかり心が離れてしまったが、五月初めのこと、愛里のスマートフォンに虚蔵からメールが送られてきた。

『今でもおまえのことを愛してるよ』

それを読んだ愛里は何となく嫌な予感がして、新しい彼氏と虚蔵のアパートへ向かった。何度呼んでも応答はなく、部屋のドアには鍵が掛けられている。一階なので裏手へ回ってみると、虚蔵の部屋は窓のカーテンが開け放たれていた。ベランダ越しに室内を覗き込んだところ、虚蔵が首を吊っている——。

「大変だ！」

彼氏が手摺りを乗り越えてベランダへ入り、窓ガラスを蹴破って室内に踏み込んだ。虚蔵は天井にフックを打ち込み、それにロープを掛けて首を吊っていた。彼氏がキッチンから包丁を持ってきてロープを切り、床に降ろしたが、既に死亡していたという。

実はこのとき、愛里の荷物はまだこの部屋に残されていた。しかも虚蔵は孤独の身で荷物の引き取り手がいない。保証人となっていた職場の上司の意思でアパートは解約されることになったが、愛里は虚蔵を哀れに思い、また愛情が甦《よみがえ》って、どちらの荷物も捨てることができなかった。

「それで、貸し倉庫を借りようかな、という相談を受けたんだが、おまえのことを思い出してね。荷物を一時頼めないか、ということなんだ」

田所さんはそこで話を結んだ。

(何だ、そんなことかよ)

金丸さんは落胆したが、考えてみれば、五十歳の男に二十代の女を紹介する者など、なかなかいるものではない。確かに彼は資産家の一人息子で、今は広い一軒家に独りで住んでいて、二階に空き部屋が二つある。

「ま、いいよ」

田所さんの立場も考えて、金丸さんは引き受けた。

翌日、田所さんと友達一人、そして新しい彼氏と愛里の四人でアパートへ荷物を取りに行った。金丸さんは自宅の掃除をして待っていた。

田所さんと友達、彼氏の三人が荷物を整理していると、突然、奥のほうから愛里の激しい悲鳴が聞こえてきた。

「どうしたっ⁉」

皆で様子を見に行くと、愛里が泣き崩れている。彼女が落ち着くまで待って、田所さん達は理由を聞き出した。その内容が以下になる。


その朝、愛里は夢を見た。そこでは虚蔵が生きている。愛里も虚蔵が死んだとは思っていない。別居中の状態で、二人はたまたま街ですれ違う。

「愛里、元気？」

「何言ってんの。元気だけど、ムロ君は？」

「ああ、俺は元気。元気なんだけどさ……」虚蔵は口籠りながら言う。「俺がいた所さぁ、桜が咲いてるんだ」

今は五月も後半だというのに、桜の花が満開に咲いているというのだ。桜といえば、この辺りでは三月下旬から四月上旬に開花して中旬には散ってしまう。

（おかしなことを言うわね）

そこで目が覚めた。そして虚蔵が死んでいたことを急に思い出して泣いてしまった。

（これから荷物を回収しに行くので、そんな夢を見たんだろうな）

このときはその程度に思ったそうだが……。

いざ部屋に来てみると、正面の壁にカレンダーが掛かっていた。カレンダーの上半分には桜の花が満開に咲いた写真が掲載されていた。四月のページだったのである。しかも、一度破いてからテープで貼った形跡があった。五月に入ってから、既に破いてあったページを誰かが貼り付けたとしか思えない。桜の話は、今朝夢で見たばかりなので、まだ誰にも話していなかった。何者かのいたずらとは考えられず、

「いるんだ。いるんだ。ここにいるんだ……」

愛里はまた泣きながら、そう呟き続けていた。

金丸さんは打ち合わせ通り、荷物を引き取った。

衣服や本などが蜜柑箱で三箱分、衣装ケースで四箱分、額に入った絵や箪笥、棚、食器などもあって、六畳間がすっかり塞がった。

やがてある日、愛里が金丸さんの家を訪ねてきた。

「写真を取りに来たの」

「写真？」

「ムロ君とハワイへ行ったときの写真。凄く大事にしていた物だから」

「よしなよ。新しい彼氏がいるんだから」

「それでも欲しいの」

愛里が言い張るので、金丸さんはやむなく二階の閉め切った部屋へ彼女を通したが、

「ない……」

幾ら探しても見つからないらしい。

「変ねえ……。いじった？　アルバムに入れてあったんだけど……」

「全然。何もいじらないよ」

金丸さんはその写真もアルバムの存在も知らなかった。

「おかしい。変ねえ……。あたしが持ち帰った荷物に入ってるのかしら？」

愛里はそう言いながら帰っていった。


後日、金丸さんは田所さんの居酒屋へ行った際にこの一件を話した。

「ああ。俺も知ってるよ」

田所さんは苦笑いを浮かべた。愛里は田所さんにも「大事な写真を探してるんだけど、

ないの」と話していたという。

更に日が経って――。

金丸さんは田所さんからこんな話を訊いた。

あれから田所さんは虚蔵の墓参りに出掛けたのだという。そこで何枚もの写真が虚蔵の墓前に置いてあるのを目にした。どれも乱暴に引き裂かれている。よく見ると、それらは虚蔵と愛里が青い空と海を背景にして、幸せそうに笑いながら写っていた。どうやら、これがハワイに行ったときの写真らしい。

（一体、誰がこんなことを？）

田所さんは気味悪く思ったが、ひょっとすると、愛里が見つけ出して破いたのかもしれない。そこで愛里が来店したときに、写真が破棄されていたことは告げずに「写真、見つかった？」と探りを入れてみた。

「ううん。ないの」

愛里は小さく首を振った。何も知らない、という表情をしていたそうだ。

やがて異変は金丸さんの身辺で多発するようになる。

八月のある朝のこと。彼は一階の和室に布団を敷いて寝ているのだが、目を覚ますと、枕元の畳の上に目覚まし時計が倒れていた。もしも寝惚《ねぼ》けて手などをぶつけたのだとしたら、後ろへ倒れるはずなのに、時計は前に倒れていた。

その夜、時計を置く場所を変えてみたが、朝になるとまた前に倒れている。同じ現象が一週間ほど続いた。この時計には脚が付いているので、初めはそこに欠陥があるのかと思っていたという。

さて、金丸さんは猫を飼っていた。放し飼いなので猫は毎日勝手に外へ出てゆき、好きなだけ遊んで腹が減ると戻ってくる。一階の窓を開けておくと泥棒が入る恐れがあるので、二階の窓を常に少しだけ開けておき、出入りができるようにしていた。

八月も終わりに近づいた、その日。早朝五時頃のことである。

二階から動物が走り回っているような足音が聞こえてきた。猫かと思ったが、

(待てよ。妙だな……)

猫はさほど足音を立てないし、いつも二階から家に入ってくると、すぐに一階へ下りてくるのだ。訝しく思いながらも、腹が減っているはずなので餌を持って階段を上ろうとすると、一階の廊下に猫が座っていた。

つまり、二階には何か別のものがいる——ということになる。

金丸さんは怖くなった。そこで『猫には魔物を追い払う力がある』という俗説を思い出

し、愛猫を抱いて二階へ上っていった。猫のために窓を開けてある部屋に入ると、ひんやりした空気が漂っていて鳥肌が立った。八月だというのに、やけに肌寒い。前夜は熱帯夜だったので、外気が入れば暑いはずなのだ。

この部屋には何もいなかった。いつしか物音も止んでいる。

(ひょっとしたら、隣の部屋から聞こえてきたのか?)

そこは愛里と虚蔵の荷物を置いてある部屋であった。今は入り口を閉め切ってある。

(いかんな。厄介なことになりそうな気がする)

それでも仕事に行くと、昼休みに左肩を叩かれた。振り返ると誰もいない。それもそのはず、彼が座った所から三センチほど離れただけでロッカーがある。人が立てる隙間はなかった。にも拘わらず、確かに人間の指三本で叩かれた感触があったという。

その日、金丸さんは田所さんの居酒屋へ開店前に相談をしに行った。生憎《あいにく》、田所さんは留守だったが、妻の佐和子さんには会うことができた。

「あのさ、愛里ちゃんに何かなかった?」

いきなり本題を切り出すのは気が引けたので、探りを入れてみた。

「何でそれ知ってるの？　何でそんなこと訊くの？」

佐和子さんが目を丸くしている。金丸さんも真実を話さない訳にはいかなくなった。一部始終を語ると、佐和子さんの顔が青ざめて震え出すのが分かった。

「どうしたのさ？」

「今朝、連絡があったんだけど、愛里、新しい彼氏の赤ちゃんができたんですって」

「何っ……!?　そりゃまずいな……。佐和ちゃん、金丸が怒っているから、荷物を早く何とかしろ、って愛里ちゃんに言っといてくれ」

それが原因で流産でもしたら気の毒だ——と思って言ったのだが、愛里は一向に荷物を処分しに来なかった。そのため結局、金丸さんが荷物は全部処分した。

やがて愛里は新しい彼氏と結婚し、翌年の七月に男児を出産している。カレンダーの一件はあったが、それ以降、彼女自身が目立った怪異と遭遇したことはないらしい。

ただ……。

生まれた子はどういう訳か夫にはあまり似ておらず、虚蔵にそっくりなのだという。

虚蔵と別れてからできた子に間違いはないのだが……。

雷雨

五十代の主婦、紀代子さんは以前から人が悲惨な死に方をした場所に近づくと、気分が悪くなることがあった。

夏の休日、彼女は御主人と隣県にある山へハイキングに出掛けた。山頂まで登って昼食を食べたところまでは順調だったが、下山の途中で急に天気が悪くなってきた。先程まで晴れ渡っていた空が黒雲に覆われ、雷鳴が近づいてくる。車を駐めた駐車場が見えてきたところで、大粒の雨滴が山道を叩き始めた。湿った土や砂埃の匂いを漂わせながら、辺り一帯が雨の膜に覆われてゆく。二人は大急ぎで車に乗り込み、御主人がエンジンを掛けた。

襲い掛かる雨の中を少し走ったとき、紀代子さんは後頭部に重い痛みを感じた。胸もむかついてくる。

ハンドルを握っていた御主人はそれに気付かず、右手を見ながら呟いた。

「どうしたんだろう、あんな所に一人で……？」

そこは道路と並行して沢が流れていて、車では渡れない細い石橋が架かっていた。その上に十歳前後と思しき少女がこちらを向いて立っている。近くに他の車は駐まっていないようだし、連れの姿も見当たらなかった。

「これは放っておけないな」

御主人は少し通り過ぎてからブレーキを踏むと、車をバックさせて石橋の脇に停めた。

少女との距離は七〜八メートル。降り頻る白雨に遮《さえぎ》られて顔ははっきり見えなかったが、髪はショートカットでピンク色のTシャツに紺色のスカートを穿いていた。

「おいで！　後ろに乗りなさい！」

御主人がドアガラスを開けて手招きしたが、少女はなかなか近づいてこない。

紀代子さんは不意に焦げ臭い匂いを嗅《か》いだ。

「仕方がない。連れてくるよ」

御主人はドアガラスを閉めてシートベルトを外し、車のドアを開けようとした。紀代子さんは胸騒ぎを覚えて、気分が悪いのを我慢しながら御主人の腕を掴んだ。

「止めて……。あの子、生きた人間じゃないわよ！」

「何だって!?」

次の瞬間、真っ白な稲妻が少女の小さな身体を呑み込んだ。爆発を思わせる雷鳴が一際凄まじく響き渡る。紀代子さんと御主人は堪らず目を瞑《つむ》った。不快な地鳴りが後に続く。

二人が目を開けたとき、少女の姿は橋の上にも、その下の沢にも見当たらなかった。

御主人は黙って車を発進させた。数百メートル走ってから、

「おかげで助かったよ。俺には焦げた臭いなんて全然分からなかった」

彼は面目なさそうに苦笑した。

この頃には紀代子さんの体調もだいぶ良くなっていたという。


それから一週間が過ぎた。紀代子さんの自宅は田畑に囲まれた住宅地にある。彼女はそこから約二キロ離れたスーパーでパートをしており、自転車で通勤していた。

その日の午後四時頃、仕事帰りに雷が鳴り始め、雨が降ってきた。彼女は引き返すよりも早く帰って着替えればいい、と考えて懸命にペダルを漕いだ。しかし、近道をしようと細道に入ったとき、唐突に頭痛と嘔気《おうき》が襲ってきた。おまけに何処から臭ってくるのか、焦げ臭い。山で体験したのと同じ状態なので嫌な予感がしてきた。

(外れればいいのに)

だが、予感は的中して、雨の中に先日遭遇した少女の姿が浮かび上がった。待ち構えるかのように道の真ん中に佇んでいる。

(私を追い掛けてきたんだ……。でも、どうして?)

怖くなって今来た道を戻り、少し遠回りして逃げ帰った。

更に半月後の夕方。紀代子さんが自宅の台所で夕食を作っていると、雷雨が来た。そして彼女はまたしても頭痛と嘔気に襲われたのである。

（まさか、ここに？　まずいな……）

生憎家族は全員留守であった。居間に行って雨が入らないように窓を閉め、ソファーに横になって休んでいると、雷が激しくなってきた。稲妻を見るのは嫌だ。窓のカーテンを閉めようと歯を食い縛って立ち上がる。そこへ何処からか焦げ臭い匂いが漂ってきた。

（台所のガスは止めたはずなのに。外から臭ってくるのかしら？）

縁側の窓辺に立って白雨に煙る広い庭に目をやった。真正面に五〜六メートル離れて大きなクロマツの木が植えてある。

その下に例の少女が立っていた。紀代子さんは息を呑んだ。

少女の姿が一度消える。一瞬にして、窓ガラスのすぐ向こうに再び現れた。

ずぶ濡れになった衣服の胸から腹に掛けて、真っ黒に焦げた太い筋が走っている。髪の一部が焼けており、醜く爛《ただ》れた赤黒い頭皮が覗いていた。顔も火傷で赤紫色をしていて、白目を剥き、顎《あご》が外れたかのように口をだらりと開けている。

（死人の顔だ！）

紀代子さんは思わず窓辺から後退りした。

そこへ庭一面に真っ白な閃光が広がって、爆音のような雷鳴が長々と轟《とどろ》いた。

窓ガラスが割れて破片が吹っ飛んでくる。鋭利な一片が紀代子さんの左頬を切り裂いた。

堪らず腰を抜かしてしまう。割れた窓から雨が吹き込んできたが、当座はただ震えていることしかできなかった。

それでも雷雨は次第に弱まってきたので、紀代子さんはふらふらと立ち上がった。庭のクロマツが幹の途中から折れてこちらへ倒れている。太い枝が窓ガラスを突き破っていたが、それ以外は家屋も庭木も無事であった。

少女の姿は消えていた。

紀代子さんの左頬からは血が迸《ほとばし》っていたが、幸い傷は浅かった。

(だけど、もう少し窓の近くにいて、首にでも刺さっていたら死んでいたかもしれない)

そう思うと、またぞっとさせられた。


秋が来て雷雨が来なくなると、少女は現れなくなったそうである。

黒いウミヘビ

涼子さんは十八歳の夏に、兄や友人達と五人で伊豆七島のある島へ遊びに行った。民宿に荷物を置くと、すぐに海へ向かう。

晴天で、波の穏やかな日であった。足ヒレ《フィン》と水中眼鏡、シュノーケルを付けた五人は適度な距離を取りながら、それぞれ好きな場所で潜り始めた。

しばらくして涼子さんが岸に上がって休んでいると、兄が来て、

「あの岩場へ行ってみないか」

と、指差す。

岩が海面から突き出ている場所があった。魚の群れやヤドカリ、イソギンチャクなどの生き物が観察できそうだ。二人はそこまで泳いでいった。水深は五メートルほどあったろうか。岩の周りで潜って生き物を探していると、涼子さんと兄との間にいきなり黒くて長いものが現れた。

（ウミヘビ？）

それは正に身体をくねらせて泳ぐ黒いウミヘビのように見えた。その仲間に猛毒を持つ

種がいることは彼女も知っていたので、近づきすぎないように気を付けて観察していると、やがて別のものであることが分かった。

それは、長さ一メートルを超える髪の毛の束だったという。

兄も〈ウミヘビ〉の正体に気付いたらしい。互いに唖然《あぜん》として顔を見合わせた。

(何だか気持ち悪い……。上がろうよ)

涼子さんは指を上に向けて合図を送った。兄が頷き、水を蹴って先に浮上する。涼子さんも後に続こうとした。

ところが、何かが右足に絡まってきた。物凄い力で下へ、下へと引っ張られる。懸命に足をばたつかせたが、なかなか浮上することができなかった。兄は気付かずにどんどん上へ行ってしまう。

(まずい！　何なの？)

見下ろすと、黄色のフィンに先程の髪の毛の束が巻きついていた。しかも長さが二メートル以上に伸びているようだ。必死に振り払おうともがいたが、髪の毛の束はなかなか離れない。むしろ獲物を襲う蛇のごとく、余計に強く絡みついてくる。呼吸が苦しくなり、目眩《めまい》がしてきた。早く浮上したいのだが、全く上へ進むことができない。

だが、一度は水面まで上がっていた兄が、異変に気付いて再び潜ってきてくれた。涼子さんの片手を掴む。

その途端、彼女の足を引っ張っていたものの力が抜けて、浮上を開始することができた。

酸欠で意識が朦朧《もうろう》としていたが、兄が引っ張ってくれている。少し心に余裕が生まれて、遠ざかる海底のほうを見下ろすと——。

岩と岩の間に沈んでいる女がいた。

二十歳前後のほっそりした女で、全身の肌は蒼白。白い水着を着て、目を見開き、こちらを見上げている。長く豊かな黒髪が、ギリシア神話に登場する蛇女ゴーゴンのように広がって、揺れ動いていた。

涼子さんはどうにか無事に浮上して、兄と一緒に岸へ戻った。

「底のほうに女の人がいたのよ！」

「いや、僕には見えなかったよ。物凄く長い髪の毛だけが底のほうから伸びていたんだ」

兄が否定したので涼子さんは、あの女は幻覚だったのだろう、と考えることにした。

翌朝。あの岩場には二度と近づきたくなかったが、友人達が海へ行きたがるので、涼子さんも一緒に昨日と同じ浜辺へ向かった。

浜辺に到着すると、大勢の人がいて騒いでいる。

「何かあったんですか？」

兄が近くにいた男性に訊ねた。

「あそこで死体が見つかったんですよ」

男性がそう言って指差したのは、あの岩場であった。

「まさか、昨日の……!?」

涼子さんは人だかりに割り込んで、岸に寝かされている死体を見た。若い女性が真っ青な顔をして目を剥いている。頭髪はショートカットで、白い水着ではなく、赤いTシャツを着ており、ジーンズを穿いていた。昨日、岩場の底に沈んでいた女ではない。

しかし、涼子さんは訝しく思い始めた。

(同じ場所でこんなことが起きるなんて……)

昨日見たゴーゴンのような女の姿が幻覚だったとは思えなくなってきた。

晒し者にされては気の毒だと考えたのだろう、地元の人らしい真っ黒に日焼けした男性が、バスタオルを持ってきて死体に被せた。

友人達も「ここでは泳ぎたくない」と言い出したので、別の浜辺へ行くことになった。

水死者の話題はたちまち辺りに広まったらしい。

その晩、涼子さんは気になって、民宿の女性ヘルパーに訊ねてみた。

「亡くなった方のことは、何か聞いていませんか？　事故だったんでしょうか？」

「近くの旅館に泊まっていたお客さんで、自殺らしいですよ。昨夜、お友達と浜辺で花火をしていたのに、何故か急に海へ飛び込んだとかで……」

ヘルパーはそう答えた。

女性の自殺とゴーゴンのような女との間には何か関係がありそうだったが、それ以外のことは何も分からず、涼子さんの気分は晴れなかった。

盆の監視塔

現在四十代の男性、内山さんが十九歳だった頃の話である。盆休みに遠方に住む友人が、彼女とその仲間を連れてきて、男女二人ずつでドライブをすることになった。

「お盆だから、怖い場所に行きたいんだ。何処か知ってたら教えてくれよ」

友人からそう頼まれて内山さんが案内したのは、廃墟ならぬ廃プールである。

そこは二十五メートルのプールと、その横に事故を防ぐための監視塔が立っていた。どちらも柵《さく》に囲まれ、入り口の手前に車を数台置ける場所があった。

内山さんは駐車すると、エンジンを掛けたままにしてヘッドライトを点けておいた。柵の入り口は閉まっていたが、彼と友人は構わずに柵を登った。あちこちに暴走族による落書きがあり、柵も壊されている部分があったので、そこを押し広げて女の子達を招き入れる。四人でプールの周りを歩いてみたものの、何も起こらなかった。

あとは監視塔である。これは意外と高くて、二十メートルはありそうに見えた。内部は螺旋《らせん》階段になっている。

「よし、一番上まで登って下りてこよう。肝試しだ」

内山さんはそう提案したが、一人ずつ行くのはさすがに怖い気がした。

「じゃあ、二人一組で行くか」

と、友人も話に乗ってきてくれた。もちろん、男女一組になって、ということだ。

それなら内山さんも初対面の女の子と一緒に行ける。嬉しくなったが、

「そんなの、怖いから嫌よ！」

「絶対に行かない！」

女の子達からは断られた。

それで仕方なく友人と男同士で登ることにした。女の子達は塔の下で待っている。

二人が懐中電灯を手にして登ってゆくと、カン、カン、カン、カン……と、自分達の足音が大きく響く。やがて上のほうからも別の足音が聞こえてきた。

「あの音は何だ？」

「俺達の足音が反響しているんだろう」

慌てる友人に内山さんは説明してやった。彼も気味が悪いと思っていたが、何事もなく一番上まで到達することができた。そこからはプール全体を見下ろせる。内山さんは下にいる女の子達に懐中電灯の光を向けて合図を送ろうとした。だが、その前に——。

カン、カン、カン、カン、カン、カン、カン、カン、カン、カン……。

階段を上ってくる足音が聞こえてきたのである。

「おい！　登ってくるのか、あの子達。やるじゃないか！」

ところが、足音は螺旋階段の真ん中辺りを過ぎ、あと少しの所まで近づいてきて止まった。そこからは登ってくる足音も、下りてゆく足音もしない。

「来ねえな……」

変だと思って内山さんが懐中電灯で下を照らすと、女の子二人の姿が見える。

「あれ？　あそこにいるぞ」

「じゃあ、他のグループでも来たのかな？　階段の途中にまだいるってことか？」

しかし、それにしては話し声が聞こえてこない。二人は下りるのが怖くなってきた。

「もしかしたら、俺達を驚かそうとして、足音を立てないように下りたのかもよ」

友人がそう言うので試しに忍び足で階段を下りてみたが、カスッ、カスッ、という錆《さ》びた金属を踏む音がよく聞こえる。無音で下りるのはかなり難しそうに思われた。

結局、誰にも会うことなく塔から下りてくることができたのだが、

「さっき登ってきたよね？」

「ずっとここにいたわよ！」

内山さんの問い掛けに女の子達が目を丸くした。

「じゃあ、他のグループでも来たのかな？」

「ううん。ずっとここにいたけど、他のグループなんて来なかったわよ」

実際、プールの出口の向こうに他の車は停まっていなかった。皆、腑に落ちなかったが、とにかく帰ることにした。

と、そのとき……。


カンカンカンカンカンカン！　カンカンカンカンカンカン！　カンカンカンカンカンカンカンカンカンカンカン！　カンカンカンカンカンカンカンカン！


塔のほうから螺旋階段を駆け下りてくる足音が、一際大きく響いてきたのである。大勢いるのか、足音は途切れることなく、次から次に駆け下りてくる。

大音響となった。

今度は四人ともその音を聞いていた。全員が塔のほうを振り返り、無言で顔を見合わせた後、一目散に車まで逃げ出した。


なお、この監視塔とプールは後に取り壊されてしまい、今はない。

お化け屋敷の娘

桃子さんは小学生の頃、病弱で学校を休んでばかりいた。おかげで友達もできなかった。

彼女が八歳になったとき、母親が父親の制止を押し切って、ある新興宗教に入信した。

桃子さんの家は田舎町に建てられた一軒家で、それまでは自営業を営む父親が神棚を祀っていたのだが、母親はそれを勝手に燃やしてしまった。昔から庭にあったという祠《ほこら》も撤去し、桃子さんのために買った雛《ひな》人形も捨ててしまったという。

それからこの家では、様々な怪異が発生するようになった。

桃子さんが二階の自室にいると、階段を上ってくる足音がはっきりと聞こえる。ドアをノックするので出てみると、誰もいない。そんな現象が頻繁に繰り返された。

夜に眠ろうとすると、枕から読経が聞こえてきたこともある。低くて重々しい男の声が一時間以上も続く。そんなことが週に二～三度の割合で発生する。眠れたものではないので、母親に頼んで枕を替えてもらうと、その現象は収まった。

部屋の壁に血液らしきものが付着していたこともある。初めは桃子さんが留守にしている間に家族の誰かが部屋に入ってきて、血を吸っていた蚊でも潰したのかと思ったが、血痕は点々と天井まで続いていた。それは家族の中で一番長身の父親でも手が届かない高さであった。実際、確認してみると、誰も部屋には入っていないという。

また、ある朝、自室のカーテンを開けてみると――。

黒い服を着た女が逆さになって窓の向こうにぶら下がっていた。黒い髪が長々と垂れ下がっている。桃子さんが驚いて飛び退《の》くと、女は落下していった。すぐさま窓に駆け寄って庭を見下ろしたが、女の姿はない。

あるときは、家の前で自転車に乗った老人とすれ違った。小太りな男で、鍬《くわ》を自転車の荷台に差し、よたよたと危なっかしい走り方をしているので気になった。すぐに振り返ってみると、やはり何処にも姿がなかった。

中学生の頃、これらの話を同級生達に語ると、

「おまえの家、お化け屋敷なんだな！」

と、男子達が気味悪がった。

それ以来、〈お化け屋敷の娘〉と呼ばれ、皆から避けられるようになった。寂しくて自殺したくなり、手首を切ったことが何度もあったが、いずれも未遂に終わっている。

中学校では冷遇されていた桃子さんだが、高校に入ると逆に優遇されるようになった。

一年生のとき、同じクラスの女子から、則彦というやんちゃな三年生の先輩を紹介された。四月生まれの彼は十八歳になると車の免許を取り、本来なら在学中は公道での運転は禁じられていたにも拘わらず、心霊スポット巡りを始めた。それで、

「見える娘《の》がいたほうが面白いから、一緒に来いよ」

と、誘われた。

桃子さん自身は怪異など、日常生活の中で起きていることなので、怖いとも面白いとも思っていない。ただ、友達が少なかった彼女にとって、どんな理由であれ、誘ってもらえることが嬉しかったのだ。母親が新興宗教への入信を勧めてくるようになり、それが嫌で家にいたくない、ということもあった。

夏休みに桃子さんは、則彦達と男女五人で山奥にある橋へ出掛けた。そこは自殺が多いことから、飛び降り防止用の高い柵が設けられていて、照明も明るかった。

午前零時。橋の袂《たもと》に則彦が車を停める。一分ほどで異変が起き始めた。

それまで橋の上に通行人はいなかったのだが、不意に七十歳くらいの老人が現れたかと思うと、飛び降り防止用の柵に向かってゆく。老人の身体は柵を突き抜け、深い谷底へと落下していった。

「自殺かっ⁉」

則彦が叫ぶ。

だが、すぐに同じ老人の姿が橋の上に現れた。白髪頭を七三分けにして、白いポロシャツを着ており、ベージュのスラックスを穿いた、小綺麗な身なりの老人である。両手を力なく前に下げて前進すると、また柵を突き抜けて谷底へ転落していった。

五人は十分ほどその様子を凝視していたが、老人は一度もこちらを見ようとしなかった。

「目が合ったらやばそうだな。そろそろ行こうぜ」

則彦がそう言って、老人がこちらを向かないうちに車をUターンさせた。このとき、五人の中に普段は〈見えない人〉もいたのだが、全員が老人の姿を目撃していた。後部座席にいた桃子さんが振り返ってみると、老人はまた前進と落下を繰り返していたという。

桃子さんはこの後、則彦と恋仲になったが、彼は交通事故を起こして相手に負傷させてしまい、停学処分を食らった。それで心霊スポット巡りをやらなくなると、別の女を作って離れていった。

その後、桃子さんが十九歳になった秋のことである。彼女には清二という新しい彼氏ができた。遊び人風だが、背が高くて顔が良いので気に入った。ある夜、清二とその妹と三人で、某温泉地の近くへドライブに行ったことがある。そこも谷間に架かる橋があって、自殺者が多いらしい。半年前にも男性が飛び降りて亡くなった、との噂を聞いていた。

三人は真夜中過ぎにそこで写真を撮り始めた。初めは清二が撮っていたが、

「桃子も撮ってみてくれ。この中で一番、写りそうな気がする」

と、何度も頼まれて断り切れず、デジカメで何十枚も写真を撮った。

その最中、紺青の夜空が赤く光った。近くに外灯はないし、雷なら白く光るはずだ。

「今の何？」

「桃子、分かるか？」

桃子さんにも何だったのか、分からなかった。その代わり——。

キーッ……。キーッ……。

キーッ……。キーッ……。

ブランコが揺れているような音が聞こえてくる。しかし見たところ、近くにブランコがありそうな公園や民家はない。

「あの音聞こえる？」

二人に訊ねてみたが、何のことか分からないらしく、黙り込んでしまう。

「ブランコみたいな音よ。ほら、今も聞こえるでしょう」

「木と木が擦《こす》れ合ってる音じゃねえの。俺には聞こえねえけど」

清二がそう答えた途端、彼が手首に嵌めていた数珠がいきなり弾けた。前の日にゴム輪を新しいものと交換していたそうで、三人とも愕然《がくぜん》とした。

「ここ、やばいよ！　引き返そうよ！」

桃子さんの言葉に清二が慌てて車を発進させる。ところが、明らかにブレーキの利きが悪かった。下りの坂道が続くので、カーブの度に三人は冷や冷やさせられた。何とか山を下りきると、コンビニが見えてきたので駐車場に車を駐める。そこで夜が明けるまで待ってから移動し、解散した。今度はブレーキはいつもと同じように利いたという。

当時、桃子さんは専門学校に通っていたので、普段通りに登校した。

夕方になって帰宅すると、前夜の疲れが出て眠くなってきた。ベッドに身を投げ出して眠ろうとしていると――。

この部屋には東側に出窓、南側にベランダへ出られる大きな窓があるのだが、出窓のほうから子供の甲高い笑い声が聞こえてきた。

そして出窓から、少年が部屋に入り込んできたのである。七〜八歳に見えるその少年は、時代劇に出てくるような出で立ちで、茶色の和服を着て、髪を丁髷《ちょんまげ》に結っていた。

(あ、これは人間じゃないわね)

桃子さんはそう判断して無視を決め込んだ。少年は一人で騒ぎながら遊んでいる。何か独り言を言い続けているのだが、意味が分からない。

　そこへ大きな窓のほうから、今度は上半身だけの男が入ってきた。

　こちらは現代人らしく、グレーの長袖のシャツを着ている。両手で這いながら近づいてきて、ベッドに上がってくると、桃子さんの右足首を掴んだ。その途端、彼女は身体が思うように動かなくなってしまった。男は更に這いながら、彼女の腹から胸へと圧《の》し掛かってきた。男の顔が目の前に接近してくる。傷だらけの顔をした中年の男で、息遣いが荒い。

（まずい！　何をされるんだろう⁉）

　今度ばかりは桃子さんも不安に思ったが、男の動きはそこで止まった。何か頼みごとでもあるかのように、無言でこちらを見つめている。

（帰って！）

　声を出そうとしたが、出てこなかった。

（帰ってよ！　あたしには何もできないから！）

　必死に念じてみたが、男はなかなかいなくならなかった。部屋の中では笑いながら少年が飛び跳ねている。そんな状態が三十分近くも続いた。緊張と疲労から桃子さんの顔は汗びっしょりになった。どうすることもできず、閉口させられたが……。

　少年の笑い声が何の前触れもなく、急に途絶えた。それと同時に男の姿も消え失せた。

テレビの電源を切ったときのように、二人とも一瞬でいなくなった。

(良かった。やっといなくなったよ……)

清二のことが心配になって電話を掛けてみたが、彼もその妹も無事だという。安心した桃子さんは疲れていたこともあって、そのまま眠ってしまった。

翌朝になって目が覚めると、身体中がひりひりする。シャツを脱いで姿見の前に立ってみると——。

胸や腹に爪で引っ掻いたような擦《す》り傷が無数にできていた。両足にも傷がある。少し歩くと、擦り傷とは違う痛みが右足首に走った。どうやら眠っている間に捻挫《ねんざ》していたらしい。あり得ないことなので、今度ばかりは〈怖い〉と思った。


撮影した大量の写真には何も写っていなかった。その後、心霊スポットへ行く度に激しい頭痛がするようになったため、桃子さんは清二から誘われても断ることにした。

それが原因で清二は他にも女を作り、二股を掛けられていることが分かったので別れた。また自殺したくなり、自宅の庭の物干し台に縄を掛けて首を吊ろうとしたが、父親に発見されて未遂に終わっている。

新興宗教に夢中になっていた母親は癌を一年ほど患い、桃子さんが二十二歳のときに病死した。本人の希望により自宅で最期を迎えたのだが、癌患者で同じ病室に入院していた人々が、玄関から家に入ってくるのを桃子さんは見た。総勢五人。いずれも先に亡くなった女達だ。廊下にいた桃子さんに全員が一礼してから、母親が寝ている部屋に入っていった。桃子さんがその部屋に入ってみると、女達の姿はなかったという。

　この家が〈お化け屋敷〉になる原因を作った母親が死んでからも、怪異が収まることはなかった。母親自身が命日の度に出現する。決まって早朝、居間のテーブルの前で怖い顔をして立っていて、すぐに消えてしまう。父親に知らせると、文句を言われた。

「俺が会いたいのに、狡いな……」

　この一言で、桃子さんは父親に対しても嫌悪を感じるようになった。

　それから仕事の都合もあって、彼女は故郷を離れ、他県の都市に移住した。今住んでいるアパートにも、たまに血だらけの武者が現れることがある。寝て起きると、身体が傷だらけになっていることも多い。恋人ができても暴力を振るわれたり、後から所帯持ちだと分かったりして長続きしない。結婚詐欺に引っ掛かりそうになったこともある。

　あまりにも悪いことが続くので、占い師に診てもらったところ、

「あなたの人生は真っ暗で何も見えない。未来がない」

　と、言われたそうである。

夏の来訪者

昔、小西さんが中学生だった頃の話である。昭和の少年達は、夏になるとよく虫捕りをして遊んだものだが、それが許されるのは小学生までで、中学生になると止めなければならない——そんな風潮があった。しかし、小西さんは中学生になっても、周りの冷たい視線を気にせずに昆虫採集を続けていた。大抵一人で自宅近くの里山へ行くのだが、あるとき彼の影響を受けたのか、同じ中学校に通う友達二人が一緒に行くことになった。

この日は昼間から雑木林に入って、カブトムシやクワガタムシを狙うことにしていた。林道沿いに生えたクヌギが樹液を出していて虫達が集まることから、三人はまずクヌギを一本ずつ見て回った。ただし、カブトムシやクワガタムシは夜行性なので、昼間はあまり見かけない。そこで隠れていそうな細い木を蹴飛ばしたり、洞《うろ》や下草の茂みも覗いてゆく。

その最中、何処からか急に悪臭が漂ってきた。肉が腐ったような臭いである。

「ひでえ臭いだな」

「これ、何の臭いだよ？」

「分からない。何度もここに来ているけど、こんなことは初めてだ」

近くに獣の死骸でもあるのかもしれない――踏みたくはないので、辺りをよく見回しながら前進を続けたが、それらしいものは見つからなかった。

「駄目だ……。俺、気持ち悪くなってきた」

友達の一人がそう言い出したので、虫捕りは止めて帰ることにした。

翌日から、小西さんの家では異変が発生するようになった。

彼が自室にいると、毎日何処からか腐敗臭が漂ってくるのだ。雑木林で嗅いだのと全く同じ臭いで、時間は一定していないが、決まって一日に一度、二十分くらいの間、その臭いを嗅ぐのである。

(屋根裏でネズミでも死んでいるのかな?)

家の中を調べてみたものの、原因は見つからなかった。夏のことで窓を開けてあるので、外から入ってきているに違いない。

小西さんは悪臭が漂ってきたときに外へ出てみたが、やはり原因となりそうなものは見当たらなかった。時間が経過すると、悪臭は自然と収まる。家族に話してみたが、

「そんな臭いはしないよ」

と、皆から言われた。

小西さんはその都度気分が悪くなり、臭いが収まった後も食欲が失せ、少し瘦せてしまった。好きな虫捕りに行く気力も湧いてこなくなったという。

彼が腐敗臭に悩まされるようになって、二週間が経った。

八月に入ったその日は、午後の早い時間から空が薄暗くなり、夕立が来そうであった。

小西さんが二階の自室で本を読んでいると、午後四時前には大粒の雨が、フライパンの上で油が跳ねるような音をさせながら落ちてきた。

すぐに滝を思わせるような豪雨となる。雨に打たれて、夏の日差しに焼かれた土の匂いが立ち込めてくる。横殴りに降ってきたので、慌てて開けてあった窓を閉めた。この部屋にはエアコンが付いていない。蒸し暑くて全身から汗が噴き出してきたが、扇風機を〈強〉にして掛け、その前に座り込むことで何とか耐えようとした。

そこへいつもの腐敗臭が漂ってきたそうである。

(窓は閉めてあるのに。一体、何処から臭ってきてるんだ?)

小西さんは窓辺に立って、外を見下ろした。すると、視界は良くなかったが、白く煙った雨の幕の向こうに髪の長い人影が確認できた。この家の前に佇んでいる。

その姿が異様であった。全裸の女だった。

(素っ裸かよ!? それもこんな雨の中で。何処のどいつだ?)

小西さんは驚いて目を凝らした。だが、窓ガラスに付いた雨滴のせいでよく見えない。

少しすると、雨が小降りになってきた。そこでできるだけ音を立てないように窓を開けてみたところ――。

女はやはり素裸だった。しかも、頭に血を付着させ、大きく裂けた腹から内臓が溢れ出している。こちらに向けた顔は血まみれで、片方の眼球が飛び出して顎の下にぶら下がっていた。

「うああっ！」

小西さんは堪らず腰を抜かしてしまう。

数分が経って……彼はようやく立ち上がれるようになった。もう一度、恐る恐る窓から外を見下ろすと、女はいなくなっていた。

それで小西さんがひと安心して溜め息を吐いたとき、急に後方から、ズリ、ズリ……と、片足を引きずるような足音がして、腐敗臭が一際激しくなった。振り返ると、先程の女が部屋の真ん中に立って、白く濁った片目をこちらに向けていたのである。

髪が黒くて中背の小太りな女で、顔が血糊《ちのり》で汚れているために人相がはっきりしなかった。けれども、髪の色や身体付きなどから、年の頃は三十絡みに見える。喉の付け根から身体を縦一文字に切り裂かれ、下腹は横一文字に切り裂かれていて、長々と垂れ下がった腸を引きずっていた。他の臓器もはみ出している。いずれも腐敗しているようで、真っ黒になっていた。雨に濡れたからか、あるいは腐敗によって発生したものか、全身からどろどろした液体を滴らせている。

「げえっ！」

小西さんは再び腰を抜かしてしまう。

今度は十分近く立ち上がることができなかったが、女はこちらを見下ろしているだけで、何をする訳でもない。

やがて女が音もなく姿を消すと、悪臭も絶えた。床に落ちた液体もなくなっていた。

（あんなのがまた来たらどうしよう……）

小西さんは不安で夜も熟睡できなくなり、夏風邪を引いて寝込んでしまった。

とはいえ、女が彼の前に現れることも、腐敗臭に悩まされることも二度となかった。その代わり、女は虫捕りに同行した友達二人の家に現れるようになったのである。

友達二人も同じように二週間ほど腐敗臭に悩まされた後、一度だけ同じ女の姿を目撃している。おかげで二人とも体調を崩してしまい、特に一人は病院で点滴注射を受けなければ回復できないほどだった。

しかし、当時この町で殺人事件や死体遺棄事件、死亡事故などが起きていたことは知られておらず、女の正体は不明のままとなった。

後に小西さんが虫捕りをした雑木林は無情にも開発され、たくさんの雑木が伐られて、林道は舗装された二車線の道路に変わってしまった。

(女の死体が発見されるんじゃないか)

と、小西さんは予想していたが、工事によって出土したのは縄文時代から平安時代に掛けての遺跡のみであった。数多くの住居跡や墓場らしきものまで出土したものの、人骨は発見されなかったそうである。

夏休みの別荘

足立さんはバブルの頃にゴルフ会員権付きの別荘を買った。海水浴場にも近い場所なので、夏休みになると妻と二人の娘を連れていった。

夕方、別荘に到着して車から降りると、近くの森でヒグラシが鳴いている。

「どうだ？　いいお家だろう？」

足立さんは自慢しながら別荘に妻子を招き入れた。ところが、五歳の次女が足を踏み入れて間もなく、

「あたし、ここやだ」

と、言い出した。

「どうして？」

「くさいからイヤ！」

足立さんは鼻をひくつかせてみたが、何も嗅ぎ取ることはできなかった。

「何も臭わないじゃないか。掃除はしてもらってあるんだから、大丈夫だよ」

しかし、夕食のときも次女は不機嫌であった。

「やだ！　やだ！　くさいからやだ！」

なかなか食事を食べようとしない。

「お姉ちゃんはどう思う？」

十歳の長女に訊いてみると、首を横に振る。

「わかんない。臭いなんかしないよ」

「そうだよな」

足立さんは〈なあに。子供はよくおかしなことを言い出すものさ〉と考え、あまり気にしていなかった。

「明日は朝から海へ行くから。ちゃんと食べて早く寝るんだよ」

そう言い聞かせて食事が済むと、足立さんと妻、長女と次女はそれぞれの寝室へ向かった。

その夜遅く、足立さんと妻は、部屋に駆け込んできた次女に呼び起こされた。

「ん……何だい？　トイレかい？」

足立さんが目を擦りながら訊くと、次女は、わあっ、と泣き出してしまう。不可解な行動だったが、時間を掛けて落ち着いてきたところで話を聞くと……。

次女がベッドに入って眠ろうとしたとき、悪臭がこれまで以上に強く漂ってきた。それが気になって、なかなか眠れなかったという。この寝室は網戸を閉めた上で窓ガラスを開けてあったのだが、不意に網戸を叩くような物音が二度、三度と聞こえてきた。

（カブトムシでも飛んできたのかな？）

次女はベッドから降りて部屋の電気を点けた。そして網戸の向こうに目をやると……。

人間の裸の赤ん坊が、網戸にヤモリのように張り付いていたのである。痙攣《けいれん》した手足が何度も網戸を叩いていた。次女は思わず飛び退いたが、そこで柔らかいものを踏みつけた。

グニュッという音とともに悪臭が広がる。

次女が床を見ると、そこにも裸の赤ん坊がいて、同じように手足を痙攣させていた。見ればいつしかベッドの上にも別の赤ん坊がいる。血だらけで皺くちゃで、髪の毛も生え揃っておらず、目の開かない生まれたばかりの嬰児《えいじ》らしい。その嬰児は大の字に伸びており、全く動いていなかった。更に別の赤ん坊がベッドの上や床に続々と現れた。いずれも肌は青黒く、ぐったりしていて、泣いている子は一人もいない。

「お姉ちゃん、起きてえ！」

次女は長女を必死に呼び起こそうとしたが、長女は死んだように眠っていて、なかなか目を覚まさない。そのことも次女に恐怖を感じさせた。そこで部屋を飛び出し、両親の寝室へ駆け込んできたのだという。

「あの部屋はやだ！　あの部屋はやなの！」

「夢を見たんだよ。大丈夫だよ」

足立さんは次女を励まそうとした。そこへ騒ぎを聞いてようやく目を覚ましたのだろう、長女もやってきた。話が聞こえたらしく、

「何だかあたしも怖くなってきちゃった……」

長女までそんなことを言い出す。

結局、その夜は家族四人が同じ部屋で眠り、翌日海水浴をすると、夕方には別荘ではなく、自宅へ帰ることにした。それ以来、娘達は別荘に行くのを嫌がって、二度と来なかったという。

数年後、バブルが弾けて足立さんの商売もうまくいかなくなり、別荘を売り払うことになった。仲介の業者に頼むと、直に買い手が付いた。

更に何年か経って、たまたまその業者と会う機会があったので礼を言うと、相手は言いにくそうに苦笑いを浮かべた。

「実はあれから大変だったんですよ」

別荘は斜面に点々と建てられていたが、新しい家を建てるために斜面の一部を削ったと

ころ、幾つもの横穴が発見された。その中から、数多くの人骨が出てきたそうである。

「じゃあ、昔の墓だったんですかね？」

業者は眉を顰めながら、首を小さく横に振った。

「出てきたのはどれもこれも、赤ん坊の骨だったんです」

どうやら墓というよりも、口減らしの犠牲となった赤ん坊達の捨て場だったらしい。

足立さんは以前に次女が言ったことを思い出して、ようやく合点が行った。そして次女に〈済まないことをした〉と思ったという。

トチリの女

既に傾いていた日本の映画産業が、ますます斜陽になってきた頃の話。

織井さんは、高校卒業後鉄工所で働いていたが、住んでいたのが繁華街の近くだったことがあって、仕事帰りに一杯引っ掛けた後、そのまま映画館に入って二本立てを見ることが多かった。

当時、北九州市のこの辺りには、東宝、東映、松竹の各系列の映画館があり、他に洋画系の封切館が数館。それにその頃は二番館と言っていたが、今で言うミニシアター風のものも別個にあった。

ミニシアターと言っても上映作品は名作の再映から、怪獣映画、北欧ポルノまでゴッタ煮であり、何とも猥雑《わいざつ》な雰囲気の場所である。

だが、どこもかしこも猥雑で、街全体が同じように何かの熱で煮られて掻き混ぜられているような、そうした時代であった。

織井さんは、しかし、その中でも東映映画のファンで、任侠物辺りから通うようになっていたが、この頃客の好みが明らかに変わってきているのを実感していた。

あれだけ全盛だった時代劇映画がすっかり飽きられたように、任侠博徒物もまた同じような展開の作品が続いて次第に尻すぼみになりつつあった。

そんな中で毛色の変わっていたのが、二本立て興業B面の、所謂お色気路線の作品だった。B級プログラムピクチャーとも言うらしいが、日本初のポルノ女優という触れ込みの池玲子が現れたときから、すっかりヤクザ映画の本線よりそちらのほうが楽しみになった。

この頃は、杉本美樹という新スターも好きであった。

『温泉みみず芸者』と『温泉スッポン芸者』は六回以上見た。

まあ、若かったこともあってそっちに惹かれたのは仕方がないと言えば言えた。

見た回数が多いからと言って、その回数通った訳ではない。今のように入れ替え制ではなかったため、その気になれば一日に数回見ることができる。

二本立て興業を二回見るというのが織井さんの基本姿勢だった。

それ以上というのは、よほど興に乗ったときだが、深夜興業のときなどは時間を気にせず、座席で仮眠を取って、また見直したりもしたこともあった。

カップ酒を持ち込むので、三十分もすると酔っ払ってしまい、概ね本編の途中で眠くなるのである。

そんな調子で何かに憑かれたように足繁く通っていたが、そのうちに、〈同好の士〉が、何人かいることが分かってきた。

休憩時間に便所で小便をしていると、いつも何となく隣の列辺りで見かける作業服の男が話し掛けてきた。

織井さんより十は年配の、無精髭の目立つ背の高い痩せた男。

横の小便器で用を足し始めたが、意識しているのかいないのか、立ち居振る舞いが俳優の三船敏郎に似ていた。

「今日も二回見るのかい？」

「あ？　ええ、見ますよ」

「勉強してるね。もしかして、シナリオの作家目指してるとか？」

「いやあ、そんなんじゃあないですよ」

「なら、俺と同じ単なる好き者だな」

うへへ、といった感じで笑う。

何だかむっとしたので、

「本当の好き者なら『にっかつ』へ行きますよ」

「あっちは三本立てだしな」

男はさっさと手を洗って売店に行くと、サキイカと豆菓子を買ってきて通路脇で煙草を吸っていた織井さんに手渡した。

「何ですか、これ」

「迂闊《うかつ》にも酒を買い忘れてな。一本譲ってくれ。まだバッグに入ってるんだろ?」

そう言って付いてくる。

馴れ馴れしい男だと思ったが、仕方がないのでカップ酒をいつも持ち歩いているスポーツバッグから取り出して渡した。

男はそのまま一つ空けた隣の席に座り、封を開けてちびりと飲み出した。

まだ場内には人がうろついていたが、開演のブザーが鳴って、容赦なく明かりが落ちた。

非常口の照明は点いていたが、目の慣れが追いつかないくらい急激に暗くなる。

だが、後ろから映写機の光線が伸びて、スクリーンでは初見の予告編が始まった。

銀幕が光り、何処か棘のある反射光が場内を照らした。

『極道一代』と大字幕。だがタイトルは『やくざと抗争』のはずだった。

安藤昇がヤッパ一本で殴り込みを掛けている。

〈あり得ねえよな……〉

実録ものの走りではあったが、どうにも見慣れた任侠物のカラーなのだった。しかも、何処かにまだアナクロな時代劇を引きずっているようだ……。

そんなものより、早く併映のはずの『恐怖女子高校　女暴力教室』の予告編をやらないかと焦《じ》れていると、何のつもりか隣の男が急に手招きをして、劇場の傾斜配置された座席の一角を指差した。

「何です？」

「あそこに、和服の女がいるだろ」

織井さんは、いつも最後列から見るのだが、劇場の中段辺り、その真ん中へんに髪を結い上げた、夜の映画館には不似合いな態の女がいた。しかも一人である。

スクリーンの反射光を浴びて、うっすらと上半身の後ろ姿が闇に浮き上がって見える。

「……だから？」

「よく拝んでおきな。ありゃあ、好き者の中でも一番の好き者だぞ……」

さっぱり意味が分からなかったが、別のところで妙な点に気が付いた。

女の座っている場所は、映画を鑑賞するには館内のベストポジションなのである。大抵、いつもは厚めに埋まっているのだが、今日は閑散として、女の周囲には誰もいない……。

何だか変だった。

が、待ちかねた『恐怖女子高校』の予告編が始まってしまい、織井さんの注意はそちらへと向けられた。

菅原文太主演の『まむしの兄弟シリーズ』の一本が続けて上映されたが、その序盤の辺りで織井さんは、客席の真ん中辺にいたあの和服の女が、忽然《こつぜん》といなくなっているのに気が付いた。

スクリーンに集中しているとは言っても、視野の中にはある訳で、立ち上がって退席したのであれば気が付くはずである。

まさか、這って出ていった訳ではあるまい。

ずっと気になっていたので、休憩時間になったら隣の男に訊こうと思っていた。

だが、場内が明るくなり織井さんが口を開く前に、

「あの女、いつの間にか、消えちまっただろう?」と、男が言った。

「いつもそうなんだよ」

胸ポケットから煙草を取り出して、火を点けた。座席の下に灰を落として、

「場内が暗くならないと現れないし、暗いうちにいなくなる。これがまた絡繰《からく》りが分からないんだが、すぐ前から振り返ってみても、同じようにいないいんだ」

「え?」

「例えば、さっき後ろ姿が見えている間に前のほうに移動したとしても、その間にいなく

なっちまう。もう、ほとんど瞬間としか思えない」

「……まさか、それって」

「だな。ありゃあ、この世のもんじゃねえな」

「幽霊ですか？　そんな馬鹿な」

「じゃあ、何なんだろうね？」

そして男は、あの女は現れたときは必ず客席のあの辺りに座っているのだと言った。

「『トチリの席』と言ってな。一番前列からイロハ順で数えると、トチリの辺りがスクリーンが一番見やすいんだよ」

トチリの女っていう訳か……。

併映の『女囚７０１号　さそり』をもう一回見たかったが、酷く気味が悪くなってきて、織井さんはその日はそれで切り上げて映画館を出た。

『女囚７０１号　さそり』の主演、梶芽衣子はお色気路線とは全く違う、ダークな、だが鮮烈な色香を感じさせた。

ほとんど科白《せりふ》を言わないというのも斬新だ。

また、映画自体も情念が籠もっているというのか、徹底して陰惨で、これはこれで新しいと思えた。

しばらくして、どうしてももう一度見たくなり、また映画館へと向かった。

このときは昼間に見たので、夕方満足して出てくるとそのまま近くの焼き鳥屋に入って一杯飲んだ。

窓際の席で冷やをちびちび飲んでいると、目の前の通りを出会ったときと同じ作業服姿で、あの三船敏郎に似た男が映画館のほうへ向かっているのが見えた。

女連れである。

その女というのが、和服姿で髪を結った、あのトチリの席にいた女と雰囲気が瓜二つであった。

いや、同一人物としか思えなかった。

横顔がちらりと見えたが、何処かの高級クラブのママといった品格だ。

「……あの野郎」織井さんは憤然とした。

「かつぎやがって」

何が幽霊だ、自分の女なんじゃないか。

映画館の入り口に消えていく二人連れは、しかし異様なまでに不釣り合いなカップルに見えた。

八月末、待ちに待った杉本美樹主演『恐怖女子高校　女暴力教室』が封切られたので、初日に見に行った。

上映前に、いつもの最後列の席に付いた途端。

「よう」と、後ろの通路から肩を叩かれた。

振り向くと、例の男である。制服なのか、以前と同じような薄汚れた作業着姿で薄ら笑いを浮かべて立っていた。

「ああ、あなたですか」思わず、ぶっきらぼうに返事をしてしまった。

「今日は一人なんですか？」

「何だって？」男は不審そうな顔をした。

「トチリの席の幽霊と同伴して歩いているのを見ましたよ。なかなかの美人じゃないですか」

「何だって？」妙にトーンを落とした声で、男は同じことを言い、考え込むようにしてそのまま歩いてくると、織井さんの隣の席に腰を下ろした。

「……俺があの女と一緒に歩いていたって？」

「……？　はっきり見ましたよ」

「いつ？」

「この間の日曜ですよ」

男は更に考え込んでいたが、しばらくして突然、口を開いた。

「俺なあ」

「……はあ」

「崩れた足場の下敷きになって危うく死ぬところだったんだよ」

「……え？」

「月曜日だった」

男はぶつぶつと、はっきりとは聞き取れない早口で何か自嘲すると、

「……そうだそうだ……あの時分から変だった……」と焦り気味に言った。

そして、「お、俺な」と、ギクシャクした動きで織井さんを見遣《や》ると、

「北海道の現場に誘われているんだ。……じゃ、これからそっちに行くわ。こ、これ飲んでくれ」

押しつけるように紙袋に入った缶ビールを渡して、本当にそのまま席を立ってしまった。

「……ちょっと！」

「あんたも、もう、ここには来ないほうがいいぞ。……教えてくれて、ありがとうよ」

それが、この名も知らない男の最後の科白で、爾来《じらい》全く再会することはなかった。

織井さんは、しばらくの間この件が気になっていたが、足を向ける回数は減ったものの、映画館通いは続けていた。

だが、トチリの席の女はその後全く姿を見かけることはなく、そのうち結局念の入ったかつぎ方をされたのではないかと思い始め、やがてすっかりこのことは忘れてしまっていた。

二年ほどが経ち、この頃付き合っていた彼女を映画に誘って、散々通った映画館にわざわざやってきた。

あの杉本美樹主演の『０課の女　赤い手錠《ワッパ》』が傑作だと、先に鑑賞した同僚から聞かされたからだが、しばらく見ていると、冒頭から強姦やら誘拐やらバイオレンス一色で、彼女と見るような映画ではなかったと後悔し始めていた。

だが、隣を見ると結構面白がっているようだ。

ほっとして、身を沈めスクリーンに視線を戻す。

彼女は映画は最前列近くで見るのが好みらしく、この日はそれに従ったのだった。スクリーンがいつもより相当大きく感じ、迫力も増している。

映画では誘拐グループ主犯役の郷鉄治が、弟役をビール瓶でぶん殴り脳天から血漿《けっしょう》が噴き出る壮絶なシーンであった。

深紅の反射光が両眼に飛び込んできた際、織井さんは背後に何とも言えない怖気《おぞけ》を感じた。

「……？」

振り返ると、すぐ後ろの席で『トチリの女』が、撲殺シーンの流血を見て嬉しそうに笑っていた。

実に楽しそうに……。

正面から見たその顔貌《がんぼう》は、側面とは全く印象が違い、皺深い鬼女そのものだった。

慌てて前に向き直る。

「……何？　何だ？」

今見たものが信じられず、気力を振り絞って再度振り返った。

だが、そこには空席があるだけで、通路を歩いている客も、全く誰もいないのであった。

午前三時の電話

「もしもし、あたしだよ。駅に着いたんだけど来てないからどうしたのかと思ってさあ！」

寝苦しい真夏の午前三時、ようやく眠れた高木さんは、鳴り響く電話に呼び起こされた。渋々ベッドから出て受話器を取ると、老婆の声が一方的に喋り出した。

「……ええと、どちらさん、ですか？」

「もしもし、あたしだよ。駅に着いたんだけど来てないからどうしたのかと思ってさあ！」

相手は壊れた機械のように同じ言葉を何度も繰り返す。

「何だ、いたずら電話か！　馬鹿野郎、警察に言うぞ！」

高木さんは怒鳴って受話器を叩きつけるように置いた。そこでようやく思い出した。

（あれ？　うちの電話って、もう使っていなかったんだよな……）

長年独り身の彼は外出していることが多い。携帯電話だけですべての用事が事足りるし、基本料金がもったいないので自宅に取り付けてあった電話は数日前に解約していたのである。

念のために電話機のコードを見ると、壁の差し込み口から確かに抜いてあった。

壺研ぎ

桑原君は、高校三年の終わり頃不運にも結核に罹患《りかん》してしまい、卒業は何とかできたものの、入院が数カ月に及んだことから、どうしても一年間浪人生活を送らなければならなくなった。

受験勉強はそれまでに散々やってきた上、退屈極まる入院生活で人生についていろいろ考えを巡らしているうち、行き当たりばったりの無計画な長期ツーリングを、退院したらやってみたいと思い始めた。

結核病棟は、昔のように消毒液臭い訳ではなかったけれども、倦《う》んだような底溜まりした生活臭があって息が詰まった。

当時読んでいた何かの旅行記の影響もあったとのことだが、

「何だか精神的に疲れていて、肌感覚で何か注入しないと自分が保たないなと思ったんですよ。思いっきり阿呆なことがしたかったんです」

青空の下を好き勝手に散策したい。

海の側に行って潮風を感じたい。

……この閉塞感をどうにかしたい。

無性にそう思ったのだそうだ。

入院前に原付免許は取得していた。自動二輪のほうは、親が反対したのでお預けを食らっている。

しかし、高速道路を使うような旅をそもそも欲している訳ではない。

中古のオフロードバイクを安く友人に譲ってもらい、両親から許しを受け、必ず毎日電話連絡を入れるという条件の下で、貯めていた小金を握って旅に出た。

実家は名古屋だったが、当初は国道ばかり走っていたため、幾ら道草旅でも五日もすると瀬戸内を望む山陽道へと出た。

節約のために公園や駅舎の隅などで寝袋を使っていたが、時々は簡易宿泊所等を使わざるを得ない。資金が三分の二ほどになったところで、何処まで行っても何だか中途半端に都市景観が続いているような気がしてきた。

自分は、何もないところへ行きたいのかもしれない。

漠然と九州へ向かって走っていたが、道路沿いのフェリーターミナルが目に留まり、そこから全く予備知識のない離島への乗船券を買った。

片道である。

フェリーが動き始め、潮風が押し寄せてきてようやく、得も言われぬ解放感を感じた。

が、着いた先は何だか山ばかりの平地の少ない寂れた離島である。

港の案内板を見ると、人口は四百人ばかり。桑原君の他には軽トラックが二台しかフェリーから降りなかった。

もう夕方になる。取りあえず、夜を過ごすキャンプ場のようなところはないかと看板の地図を見ると、島の裏側に小さな海水浴場があるらしく公衆トイレも完備とのこと。

そこで一人用テントを張ろうかと考えていると、背後に原付バイクの停まる音がして、「君、君」と声を掛けられた。

いかにも島の駐在さんといった感じの、結構年配の警察官である。

「身元、確認していいかい？」

家出人と思われたのか？　まあ、無理もないが、その辺はちゃんとしているので旅行中だと説明して自宅の住所などを教えた。

自分の携帯で家に掛け、父親に事情を話して警察官に替わる。

「……はあ。そうですか。はい。……いえ。分かりました。はい」

何が分かったのか、警察官はしばらく通話していたが傍で聞いていても、さっぱり話が見えない。だが、家出とかそういうのではないのは伝わったようだった。

警察官は携帯を折り畳むと、桑原君へ手渡し、

「じゃ、付いてきなさい」と言って、原付のスターターをキックした。

「え？」

「いやあ、お父上に屋根のあるところを教えてやってくれと言われたんでね」

「……そんな」

大丈夫だからと言ってみたのだが、

「今晩から、天気が荒れそうだよ？」と言う。そういえば、西の空に薄暗い雲が立ち込めてきていた。

少し不安になってきたのもあって、渋々後を追って走り出す。

すると、港の外れくらいにある坂道を上り出し、手前側の民家の軒先ですぐに停まった。

「……ここのほうがいいか」と、警察官は独り言《ご》ちてバイクを降りると、

「いるかな」と玄関で呼ばわった。

え？　普通の家じゃん、と驚いていると、潮風で白っぽくなった木の玄関戸が開いて、
六十歳くらいの割烹《かっぽう》着を付けた女性が顔を出した。

「何？」

「奥の部屋に泊めてやってくれんかな」

「学生さん？　タコの体験漁かね？　中船頭が雇ったのかね？」

……タコ？　中船頭？

「いやいや……まあ、行きずりなんだが、ほうっておく訳にもいかんからな」

「ふうん？　まあ、お入り」

警察官は、ここは民宿ではないが臨時雇いの漁師が泊まったり、島で公共工事があるときは関係者が泊まったりしているので、いろいろ馴れているから天気が良くなるまでは逗留《とうりゅう》していけばいいと言って去っていった。

出てきた小母《おば》さんは、どうやら警察官の姉らしかった。

家の中は普通だったが、廊下が長く延びていて、中庭の向こうに別棟があるようだった。

「こっちにおいで」

付いていくと、やたらギシギシと床板が撓《たわ》む廊下を通って、同じような個室の並んだ造りの平屋に案内された。

廊下が鈎《かぎ》型に折れており、一番先は便所と風呂場のようだ。

「ここを使いな」

一番近いところの襖を開ける。

がらんとした、六畳間だった。

「ここの布団は干したばっかりだから」

「え、あ……ありがとうございます」

訊くと食事は安く出してくれるという。

「有り合わせしかないから」

しかし、それでも考えてみればありがたい話である。また礼を言って、部屋でくつろぐことにした。

だが、贅沢《ぜいたく》を言えた義理ではないが微妙に生活感の残った感じで、部屋の隅には古いポルノ雑誌が置きっ放しになっている。

テレビはない。

目に付くのは、傷だらけの卓袱台《ちゃぶ》と、染みだらけのカーテン、そして壁に針金ハンガーが二～三本だけ。

あと座布団があったので、焼けすぎてそろそろ表面が荒れそうな畳を避けてそれに座った。

ヘルメットを放り出し、背負っていたデイバッグから飲みかけのお茶のペットボトルを取り出す。

一口飲んで、チェックのついでに押し入れを開けてみた。

上段に、割合清潔そうな夏布団一式が突っ込まれており、下段には電源コードでぐるぐる巻きにされたラジカセが一台。それと、何かが詰まった風の段ボール箱があった。

覗き込むと、ラジカセの奥に正体不明の箱形の機械が押し込んである。それも、電源コードで巻かれていた。

「……？」

何だろうと思って、引きずり出してみる。

コードを解いてみると、製造番号等が記載してあるシールに『テープイレイサー』と英字で印刷があった。

恐らく、カセットテープの磁気情報を消してしまう機械なのだと思われた。

一気に興味がなくなって、元に戻した。

カセットテープなど、前時代のメディアであって、全く今の生活に関わり合いはない。こんな装置など聞いたこともなかったが、使い道もまるでありはしないのであった。だから価値などないのに違いない……。

煮魚と漬物と味噌汁の夕飯を御馳走になり、風呂も使わせてもらって、部屋で下着だけになると妙にくつろいだ気分になってきた。

ぽつぽつと外は降り始めたようで、窓の網戸を通して雨の匂いが漂ってきていた。

座布団を枕にして携帯を弄《いじ》っていたが、電池が心細い。充電器に繋ぐと、何だか部屋の静けさが一気に増したようだった。

まだ八時過ぎだが、特にすることがない。

母屋の居間へ行けばテレビもあったが、見たい番組もないし、何よりあの小母さん――小竹さんと言った――と、また顔を合わせるのも辛い気がした。

〈そういえば……押し入れにラジカセがあったな〉

取り出して、コードを伸ばし、コンセントと繋ぐとちゃんとスピーカーからラジオの音が聞こえ出した。

機械自体は古いが、扱い方はすぐに分かった。

ラジオはローカルの情報番組のようだが、どうもパーソナリティのノリが好みではない。ダイヤルを回すと、野球中継が聞こえてきたが、これも馴染《なじ》みのチームではなく、今ひとつ興味が持てなかった。

ふとセレクターのスイッチが目に付き、カセットテープがセットされていることにようやく気が付いた。

ＰＬＡＹと印字されたボタンを押し込むと、キュルッと一瞬囀《さえず》るような音がして、Ｈ・Ｙのヒット曲のサビの部分が聞こえ出した。

もっともっとあなたを
もっともっと知りたい
いま何してるの？　いま何処にいるの？

そして愛している人は誰ですか？

桑原君は黙って、停止ボタンを押した。

この曲は、入院していた結核病棟で散々聞かされた曲だった。

結核病棟の個室に、同時期女の子が入院していた。

どうやら同い年らしかったが、結核の他に明らかに拒食症にも掛かっているようで、信じられないくらい痩せさらばえていた。

午前中は大抵点滴をしていたが、その枕元には時代錯誤なダブルラジカセが置かれており、好みらしく昭和歌謡ばかりをテープで聞いているのだった。

チェッカーズ、岡田有希子、中森明菜、トム・キャット、松田聖子、安全地帯、堀ちえみ、少年隊、小泉今日子、そしてH・Yもそうだ。

大音響ではないが、どういう訳か斜向《はす》かいの桑原君の病室まで歌詞が流れ着いてくる。耳について、大抵の曲を覚えてしまった。

菊永というその女の子とは、ほとんど会話したことはなかったが、部屋の前を通るときには挨拶はしていた。

一度、食堂で新聞を読んでいるとき視線を感じて振り返ると、車椅子で浴室へ移動しているその子がじっとこちらを見つめていたときがあった。

病的な大きな目。

顔面が斜めに歪んだような薄ら笑い。

正直、かなり精神を病んでいるのではないかと思った。

実際、そちらの治療も急かされていたようで、排菌が治まるとすぐに何処かの病院に転院してしまった。

それが精神病院だというのは、誰に聞くともなく後々まで噂として広まっていた。

ラジカセと一緒に置いてあった段ボール箱を開けてみると、ケースに入れられたカセットテープが数十本、雑然と詰め込んであった。

サインペンで、歌手名や曲名が書いてあるものもあったが、全く未記載のもの、アルバム名だけのもの、ただ洋楽とだけあるもの、未開封の新品もあった。

更に、これは見た目から劣化していたが、切れたテープとテープを繋ぐスプライシングテープや、ヘッドやピンチローラー等のクリーニングをする薬液のセット。イヤホーン数種。そして、枕の下に入れて聞ける、薄っぺらいピロースピーカーまでが出てきた。

イヤホーンは誰が使ったのか分からないので気持ちが悪い。

布団を敷き、枕の下にピロースピーカーを入れて、具合を試した。

ラジカセと繋いで、適当に入れ替えたテープを再生する。

K・Sのバラードが、後頭部の辺りから程よい感じの柔らかさで聞こえてきた。

この曲は好きだったので、じっと聞いていると眠気が差してきた。

このまま寝込んではまずいと思い、窓を閉め明かりを消して布団に潜り込んだ。

何曲か続くメドレーの途中、

明日は明日で楽しいだろうが

あまりに遠くて予想もできないよ

使い古しだね

という下りまでは覚えていたが、その後は眠り込んでしまったらしかった。

明け方までかなりの雨風で、酷く雷も鳴ったとのことだったが、さっぱり覚えていなかった。

疲れが、結構溜まっていたらしい。

朝飯を食べた後、することもないことに気付いた。

小竹さんに手伝えること等がないか訊いてみたが、

「今は、何もないよ」とのこと。

掃除をするから散歩でもしてきてくれと言われて、家から追い出された。

ジャージにサンダル履きの姿で、馴染みのないすぐ目の前の漁港をうろつく。

天気は一転して高気圧が広く張りだしてきているとのこと。すっかり夏空だった。

個人漁用らしき小型の船舶が係留してある辺りをぼんやりと見ていると、既に漁から帰ってきたと思しき島民に不審そうに見返された。

気安く話し掛けられるような雰囲気でもなかったので、踵《きびす》を返して坂道を登っていくと、小竹さんの家の裏手に、赤黒くて丸っこい物体が山積みになっているのに気が付いた。近づいてみると、小さな素焼きの壺《つぼ》がロープで括《くく》って並べられている。それが、幾重にも積み重なっているのだった。

タコツボ漁用の壺だろうとは、すぐに見当が付いた。

その陰から、作業ズボンにTシャツ姿、麦わら帽を被った人影が現れた。手には、何か細長い鉄製の刃を付けた道具を持っている。先端は鈎状になっているようだ。

最初分からなかったが、よく見ると昨日の警察官の小父《おじ》さんだった。

よく眠れたかと訊かれ、お蔭《かげ》様でと答える。

「いつまで島にいるんだね？」

「……うーん。どうなんでしょう。貧乏旅行に飽きたら帰ろうかと思っているんですけど」

「俺もな。若い頃は一人で東南アジアとか回ったんだけどな」

「へえ」

「でも、すぐ飽きて帰ってきちゃったよ。実際、そんなに面白いことはそうそう起こらないからな」

「ですねえ」

「でもまあ、うちの島は移住者歓迎だしさ。ゆっくりしていってよ」

親切にしてくれるのは、そういうことかとちらりと思った。

「……はあ。でも資金の都合もありますし」

帰りのことも考えると、そろそろ折り返し点を考えないといけない時期に来たとは思っていた。

「稼ぎがないか……。漁業とか興味があったら紹介もできるんだけど……船は多分、お父上が許さないかな。そうなると……」手元の道具を見て、

「取りあえず、壺研ぎでもやる？　礼金出すよ」

「壺研ぎ？」

「こいつで、こうやって」タコ壺を一個手にとって、中を刮《こそ》ぎ始めた。

「中のゴミを綺麗にするだけだ。タコはああ見えて清潔好きでね」

見た感じでは、簡単そうだった。

「はあ。……でも、これって小父さんの壺なんですか？」

「いや、一族の所有物だな。ここの小竹の息子が船を持ってるよ。これは予備なんだが、今使っているのを九月に持ってきて交換する予定なんだ」

一月と少しでこれを全部掃除する訳か。結構大変な作業だ。

「でも、僕すぐ移動しちゃうかもですよ？」

「いい、いい。日当で出すよ。小竹のほうには言っておくから」

その日の午後から、炎天下の中孤独な壺研ぎの作業が始まった。

ビールケースに腰を下ろして、六十個ほどロープで連なったタコ壺をワンセットとして鉄のヘラでこつこつと掃除していく。

綺麗なのもあったが、フジツボがくっついているのもあって、それは引っ掻《か》くのにかなり力がいった。

乾いたゴミが膝に掛かるので、小竹さんが息子のお古だと言って作業ズボンを貸してくれた。

「そういえば……部屋にあるラジカセとかテープは息子さんのですか？」と、気になっていたので訊いてみた。

だが、あれは以前漁が盛んだった頃、手伝いに雇った連中が持ち込んだ物なのだそうだ。いつの間にか置きっ放しになっていて、もはや誰の所有物なのか分からないのだという。好きに使っていいという話だった。

一心不乱に単純作業に打ち込んでいると、病気で遅れた進学の件や現在の宙ぶらりんの状況などの悩みが、何だかあまり気にならなくなってきた。

……そんなことより、今日の夕飯は何なんだろう……。

昨日より一品増えた夕飯を掻き込み、風呂に入って布団の上で寝そべる。

家に定時連絡を入れたが、留守電だったので「まだ島にいる。小竹さんという家でお世話になっている」とだけ、メッセージを残しておいた。

日焼けしてしまったようで、首筋や肩の辺りがひりひり痛む。

しばらく時間潰しに携帯のゲームで遊んでいたが、眠くなってきたのでまた段ボール箱から適当にカセットを取り出し、ラジカセにセットした。

ピロースピーカーを敷いた枕に耳を澄ます。

H・Iのアイドルポップが流れてきた。

何て、マイナーな曲なんだとは思ったが、しばらく聞いているうちにうつらうつらしてきた。

もっと接近しましょ　そっと　接近しましょ
もっと接近しましょ　そっと　接近しましょ

……もっと接近しましょ

翌朝目を覚ましたときにはテープは最後まで回って止まっていたが、他の曲は全く覚えていなかった。

暑くなる前にと思い、朝食の後すぐ壺研ぎを始める。

麦わら帽子を借りて、日焼け防止に長袖の作業着、首にはスポーツタオル。

昼前にようやくワンセット終わったが、汗みずくで目も開けられない状態になった。

母屋へ戻り、冷えた麦茶を貰う。

「よく働くねえ」

「いや、何だか……意地になっちゃって」

「これ、約束の日当ね。昨日と今日の分。食事代なんかは引いてあるから、あんまり残らないけど」

何千円かだったが、お礼を言ってありがたく頂いた。

午後もまた同じ作業を続け、夕方に切りのいいところで止めた。

貰ったお金で、バイクのガソリンを入れに行き、ついでに島の半分ほどを周回してきた。

最初、港の案内板で見た海水浴場は全く人出がなく、上着を脱ぎ、着ていたジャージパンツの裾を捲りあげて一人でしばらく泳いでみた。

まるでプライベートビーチだ。

どよめく波に洗われ、冷たい海水に浮かんで真夏の太陽を見上げたときに、自分の中で蟠《わだかま》っていた何かの気が済んだ気がした。


翌日もまた雲一つない晴天。

朝食後から壺研ぎ。カリカリとまた、ひたすら壺の内側を掻き続ける。

二十個ほど掃除を終えて、脇に退《ど》かしたとき、隠れていた次の列の壺の一つに何かが入っているのに気が付いた。

ケースに入ったカセットテープだった。

このタコ壺の団塊は去年から置かれているはずだったが、雨風はうまく避けていたのか水の浸入もなく、見た目は綺麗だった。

TDKの六十分ノーマルテープ。上書き防止用の爪が折ってあり、ラベルには何の記載もない。

多分、部屋にあった段ボール箱の持ち主がここでウォークマンか何かを使っていて、入れ替えたときに忘れた物だろうと思った。

脇に置いて作業を続け、昼前に予定数を終えて引き揚げる際、それを拾って持って帰った。

その夜……。

居間でテレビ番組を見せてもらって、九時頃部屋へ戻った。

午後もみっちり作業を続けたのでかなりの疲れを感じていた。

明かりを消して、いつ眠ってもよい体勢でラジカセを聴いていた。

また適当に入れ替えているのだが、何故か七十年代のフォークを録音した物ばかりが続く。さすがに馴染みがないので途中で入れ替えようとして、手に持ったそれが昼間にタコ壺の中で見つけたあのカセットであることに気付いた。

一瞬、何故か躊躇いを感じた。が、しかし、躊躇いを感じる理由などありはしないので、ケースを外してボールペンの柄でテープの緩みを直した。

セットして、ＰＬＡＹボタンを押し込む。

枕に耳を付け、じっとしていると「シャー」と言うようなヒス音が聞こえてくる。

ひょっとして何も入っていない生テープなのかとも思ったが、爪が折ってあるということは普通何かが録音されているということである。

辛抱して待っていると、ようやく曲が始まった。

……。

……。

……このイントロ。

岡田有希子の『二人だけのセレモニー』だった。

それは、あの病棟にいた際、最もよく流れてきた曲だ。

とまどいも　卒業よ
あふれるほどにあなたが好き
目を閉じていい？
そして甘いセレモニー

あの菊永という子の、思い詰めたような視線が記憶の中で生々しく蘇って、テープを止めようと思った。

……だが、身体が動かない。

左耳を枕に付け、横になった状態で腕が上がらない。

いや、全くどの筋肉もピクリとも反応しなかった。

何故？　……金縛り？　そんな馬鹿な。
それとも？
これは……夢？

夢ならばさめないで　心の鍵を渡すの

まるで思考に呼応するかのように、曲が続いた。
しかも、回転数が落ちたかのように、声が歪んで低くなってきた。

お願いよ　このままで　夢より　もっと　あなたが好き

そして、廊下へ続く襖の前に、黒々とした夜影よりも濃いものが蟠り始めた。
俯き加減だが、上目遣いにこちらを見る人の形のもの。

もう　怖くない
そして　甘いセレモニー

その両眼は……あの、菊永という患者の目付きだった。じわりとそれが、近づいて……桑原君の顔を覗き込む。

嫌悪感と恐怖で目を瞑って耐えた。

吐息のようなもの。腥《なまぐさ》い口臭。それらをひたすら堪え忍ぶ。

否応なく伝わってくるその歪んだ恋慕の情は、必死に心の中で拒絶した。

だが、『二人だけのセレモニー』は繰り返し何回も録音されており、テープが停止するまで、延々と三十分間その状態は続いたのだった。


ようやく金縛りが解けたとき、どうにか自分の指の動きは分かったが、立ち上がったり歩いたりの仕方が、数分間分からなくなっていた。

足を縺《もつ》れさせながら、何とか天井の和風ペンダントの紐を引っ張る。蛍光灯が点ってからもしばらく蹲《うずくま》ったままでうまく動けなかった。

襖の手前にいたはずの、彼女の気配は消えている。だが、気分が酷く悪い。

ずっと吐きかけられていた臓物が腐ったような臭いが部屋に残っているようで、早く外に出ようと思った。

……いや、錯覚ではない。

まだ確かに臭う。

在りかを探すと、ラジカセの中から臭っているようだった。

イジェクトボタンを押すと、蓋が開いて臭いが増した。

カセットテープ自体が、まるで有機物でできていて、それが激しく腐敗したかのように凄まじい悪臭を漂わせていた。

そういえば……そもそも、この部屋にあるテープや他の器材はかなり昔から置きっ放しになっていたと聞いたはずだ。

壺の中にこれを見つけたとき、何でこれをこの部屋のそれと同じ人間が使っていたものだと思ったのか？

……それに、何でこんなものがここにあって、どうしてあの菊永という女の気配が部屋に現れた？

偶然がシンクロした？

……いや、むしろ気付かないままこの場所に誘導されたのか？

あいつは、俺に取り憑いているのか？

……いつから？

疑問が一斉に押し寄せる。

桑原君はしばらく凍り付いたようにそのままの姿勢でいたが、やがて押し入れを開けて、奥からテープイレイサーを引っ張り出した。

コードを電源に繋ぎ、中からレールの上に乗ったテープ台を引き出す。

ラジカセから恐る恐るティッシュで包んでテープを取り出し、イレイサーにセットした。

こんな不浄なものを、そのままにしてはおけないと思った。

イレイサーのスイッチを入れ、消去のランプを確認して部屋を出た。

その晩は、無断だったが母屋の居間で、その後こっそり横になった。

恐れていた金縛りは、もう起きなかった。


翌朝、部屋に戻ると鼻が曲がるほどだったあの悪臭は、嘘のように消えていた。

イレイサーの中のカセットテープも、まるで普通である。

それを段ボール箱の中に放り込み、何もかも元通りに押し入れに収納し直した。

言い出しにくかったが、小竹さんには急用ができたと断りを入れ、その日のうちにフェリーに乗った。

船尾に立ち、引き波の向こうで小さくなる島影を見ながら、桑原君は何でこの旅行を思い立ったのか分からなくなって悩んでいた。

病院で思い付いたのは確かだ。

……そのときも『二人だけのセレモニー』が聞こえていたような気がして、軽い目眩のようなものを感じた。

あの菊永という子のことは、その後全く噂にも聞くことはなかった。

生きているのか、死んでしまったのかも分からないでいるそうだ。

最強の酒

著者もしばらく住んでいたのだが、北九州市にFビルという昭和三十年代末に建てられた雑居ビルがあった。

老朽化が激しく、外壁も時々落下したりして何度も取り壊しの話が出ていた。だが、何故かいつも沙汰《さた》止みになり、結構最近まで健在であった。

転居後何年か経って、この間様子を見に行ったら更地になっていたので、「とうとうやりやがった」と、大変憮然《ぶぜん》とした。

夕暮れ時に見上げると、灰色の外壁が朱に染まって、それはもう幽霊ビルという言葉を具現化したかのような、実にいい感じの物件であった。

もはや、記憶の中にしかなくなってしまった訳だが、実はここではいろいろおかしなことがあった。

一階は、前面と内部の壁を抜いて駐車場になっており、二階は貸事務所だった。その上は住居に改造されており、三階に四部屋、四階に三部屋、五階に二部屋、何故かそれぞれ間取りの違う造りになっている。

著者のいた三階には、二十年近く閉め切ったままの部屋があったりして、やっぱりそれはもうアヤしげだったのだが、このビルで一番奇怪な部屋はやはり最上階——五階の北側の部屋であろう。

入り口は他と同じ古い鉄扉で、郵便受けのスリットが付いているのだが、その目隠しを指で押して覗くと、砂埃の積もった板張りの上に、油紙で包まれた一升瓶が鎮座しているのが目に入る。

玄関のど真ん中に置いてある訳である。

しかも、黄ばんだ半紙が瓶に貼られており、目を凝らすとどうも「○霊」とインクか何かで書かれているように見えた。

何かの捧げ物としか思えない。

誰かここで亡くなったのだろうか？

○の部分は、すっかり滲《にじ》んでしまっていて、慰霊の「慰」に見えるが、「封」とか「滅」にも見えないこともない。

普通、本当に慰霊しようと思うなら「奉納《ほうのう》」とか「奉献《ほうけん》」なんじゃなかろうか。

幽霊封じのおまじないの場合も考えたが、それは正式には何と表書きするのかは分からなかった。

四階に住んでいた高橋君は「『怨』じゃないですかね」と言っていたが、それだとどうにも意味が通じない。

これが一体何であるのか、当初気になってビルの管理人に訊いてみたのだが、別段この建物で死人が出たという話は聞いていないという。

もっとも、管理自体がかなりいい加減で、ここはあるツテがないと入居ができなかったのだが、五年ぶりに新しい店子《たなこ》を入れたとか、十年ぶりに部屋を開けたとか、さっぱり訳の分からない状態であった。

かの部屋は、少なくとも十年以上は使っていない状態なのだそうだ。

多分、過去の記録なんかもう、何処にもないのかもしれない。

管理人も、廊下と階段の照明のメンテナンスと通路部分の清掃しかやっていないと言う。

「頼まれたから来ているだけです」とのことで、実に素っ気ない。

では、ビルの持ち主はと訪ねてみるが、その部屋は電話一本だけ引いた風の簡易事務所があるだけで、いつも姿はなく、ようやく捕まえるとよっぽどの急用時以外は連絡してくれるなと、きっぱり言われてしまった。

税務とか、実質の管理というのももう自分ではやっていないのだと言う。

ひょっとしてここの過去など思い出したくもないのか、もはや忌避の果てに関心など持てないのか。あるいはもう、実は他人のものになっていて情報統制でもやっているのかもしれなかった。

ずっと気にはなっていたものの埒《らち》が明かず、そのうち、例の半紙の文字も「怨」でいいやという気になってしまって、すっかりどうでもよくなってきた。

まあ、もし「怨霊」なんてわざわざ書いてあるとしたら、それは幽霊へのエールというか差し入れと言うことになってしまう気がするが。


高橋君は好人物の大学生で、一人で一年ほど住んでいたが、この間この所在地が交通の便の良かったことがあって、彼の部屋は友人達の溜まり場になっていた。

階段で、缶ビールを詰め込んだレジ袋を両手に持った学生達と頻回にすれ違う。

が、別に夜中に大声を上げて騒ぐ訳でもなかったので、特に気にもならなかった。

彼の部屋は著者の部屋の真上なのだが、このビルは竣工《しゅんこう》当時は贅《ぜい》を尽くしたものだったらしく、鉄筋やコンクリートもふんだんに使われており、各々の部屋の生活音というものがほとんど聞こえなかったのだ。

周辺は寂れた昔の商店街で、現状は所謂シャッター通りに近い。空き家も多くて騒音もなく、夜は都市部としては信じられないくらい静かだった。

静寂の中、それでも、全くと言っていいほどビルの中での音漏れはなかった。

――ある夜。九時前後だったと思う。

夏真っ盛りで、とにかく蒸し暑い時分だ。

レンタルしてきた季節ものの心霊ＤＶＤをパソコンで見ていると、玄関ブザーが鳴った。

だらしない格好でドアを開けると、赤ら顔の高橋君が立っている。

「……今晩は？」

「雨宮さん、今、五階の部屋の足音が聞こえますよ」

「足音？」

ピンときた。

慌てて、ジャージを着込んで高橋君の部屋へ向かう。ついでに階段の上方である五階のほうを覗いたが、元々酷いメンテナンスもますます行き渡っていないようで、廊下の蛍光灯が切れているらしく真っ暗だった。

高橋君の部屋に入ると、台所の奥にある六畳で四人ほど車座になっていた大学生が皆、天井を見つめてワイワイ言っている。

「……こっちに移動している」

「足音のリズムがおかしくないか？」

「この上の床ってどうなってるんだ？　こんな風にはっきり聞こえるもんなのか？」

……それは、先に書いたように聞こえる訳がないのである。

「ちょっと、御免よ」

彼らの間に割って入って耳を澄ますと、砂埃を踏み躙《にじ》るような裸足っぽい足音がスタスタと天井を斜めにまっすぐ歩いているように感じた。

あくまで、〈体感では〉である。

天井には木質のボードが張り付けてあるが、それを剥がすとすぐにコンクリートである。防火材らしき、多分アスベストの層があるが同じことだろう。

この部屋は、著者の部屋の真上であることは既に述べたが、実はこの部屋が空き部屋だった頃……下で足音が聞こえたことがあった。

ほとんどが真夜中だったが、多分子供の足音で、それが走り回っているように感じる。タタタタタと駆けて、うろうろし始め、また走り出す。

時間としては、ほんの数分であったが、生々しい足音だった。それが都合五〜六回。

無論誰も侵入してる訳ではなかったので、いろいろ不審に思い、一度鍵を借りて中に入り、友人を歩かせたり、飛び跳ねさせて、どんな風に聞こえるのか実験してみたことがあった。

結果、大の大人が流し台の上から飛び降りて、ようやく衝撃が下に伝わるといった風で、足音ごときは全く以て聞こえないのである。

故に、これは完全に音のように感じる怪なのだ。

足音のように感じるが、足音ではない。

まだ聞こえているそれを堪能していると、

「誰？」と高橋君の友人達から不審がられた。

高橋君が、当時出たばかりの拙書『恐怖箱 怪医』を持ってきて「こういうのを書いている人」だと説明してくれた。

「おー！」

「専門家じゃないですか」等と言われる。

いや、霊感などないし、原因は分からないし、お祓いもできない。単なる心霊好きだからと答えておいた。

「いやいや、素人じゃないでしょ？」

途方もなく素人なのだが、分かってくれなかった。

「ちょっと、見てくる」と言って高橋君ともう一人が懐中電灯を持って出ていった。

……だが、経験済みだが、酷く真っ暗だし明かりで照らしたところで何もいないのである。上階にいる間は何の足音もしないし、何も起こらない。

それが、多分この手の現象の共通項なのである。

案の定、すぐに二人は帰ってきた。

「上にいると、何の音もしないし、異常もない」

郵便受けから覗いて見ても、床には埃が積もったままで歩き回ったような形跡もなかったのだそうだ。

二人の帰還と同時に、また足音が頭上を往復し始める。

「これって、幽霊の足音なんですか？」と訊かれてハタと困った。高橋君には、気にするといけないと思って、それこそ今いるこの部屋から聞こえていた子供の足音のことは話していなかった。

ということは、このおんぼろビルの防音構造が異常にしっかりしていて、足音が実際には上の階で物理的に発生している訳ではないことを説明できない。

「だろうねえ……」と曖昧《あいまい》に返事をして、お茶を濁していると、

「やっぱり、あれですかね、上の部屋にある酒の効力が切れたとか？」

と、高橋君が言った。

酒？　ああ、あの油紙に包まれた酒瓶のことかと思い出した。

まあ確かに、あれが幽霊封じのために置いてあるのだと仮定すれば、そういうことになるのかもしれなかった。

「かもしれないな」と、話を合わす。

だが、この会話に部屋にいた全員が食いついてきた。

「何ですかそれ？」

高橋君が、郵便受けから見える酒瓶のことを説明する。

「見た見た」高橋君と一緒に覗いてきた一人が言う。

「相当古かったぜ。……中身、蒸発しているんじゃないか？」

油紙に包んであるとはいえ、カーテンのない窓からは直射日光が射し込んでいるだろうし、そういうこともあるかもしれない。

普通の火入れした酒を新聞紙に包んで床下収納などの暗いところに突っ込んでおくと、十年もしたら熟成して、思わぬ変化を遂げることがある。だが、やはりあの状態ではそんな僥倖《ぎょうこう》は無理に違いない。

そんなことを話すと、

「えー、それ興味あるな」

「え？」

「飲んでみたくありません？」と数人が言い出した。

一般的に、というか怪談的には幽霊の出る場所に置いた酒の類いはまずくなると言われている、とつい話すと、

「いや味とかは、ダメ元でいいじゃないですか。どんなものなのかに興味があるだけです。持ってくるだけじゃあ、幽霊さんに申し訳ないので、代わりのお酒を置きましょう」

と、高橋君が取り仕切り出した。

「でも、どうやって持ってくるんだ？　鍵が掛かってるし」と、一人が言う。

「明日、管理人は……来ないか」

実は、緊急時のために空き部屋の鍵は私が預かっているのである。……つい、そのことも口を滑らせてしまった。

「なら」

「なら？」

「今からでもオッケーですね」

「……ええっ？」

皆がそそくさとポケットマネーを出し合い、二人が近くのコンビニへと走った。

「あそこは、元が酒屋だったせいか一升瓶が置いてあるんですよ」

十分も経たないうちに日本酒の一升瓶と、追加の缶ビールが持ち込まれた。

「それでは突撃隊を決めたいと思います」

「何だって？」

「だって、鎮魂の酒を入れ替える訳だから、祟られる可能性もない訳ではないでしょう？」

レポート用紙に酷く適当に描かれた、阿弥陀籤《あみだくじ》の線の端に署名する。

「では、発表します。えーと、俺、そして桐山の二名です」

私は思いっきり胸を撫で下ろし、一旦自分の部屋に帰って預かっていた鍵束を持ってきた。

「これだな」

５０１と札の付いている一本を、高橋君に手渡す。

「では、突撃隊の出陣を祝って、乾杯したいと思います」

缶ビールが無理矢理手渡された。

「オッケーですか？　では――乾杯！」

一気に飲み干しながら、

〈……何をやっているんだ？　俺は？〉と自戒した。

足音のほうは、酒の話が出始めた頃から止まっているようだった。

突撃隊は、速やかに階段を上りきり、入り口へと達していた。

部屋のドアを開けていたので、何年も開いていないはずの上階の鉄扉が軋《きし》んでいる感じが伝わってくる。

階段スペースが結構広いため、反響して厭な感じに響いていた。

持っていったのは、普通の松竹梅の上撰だった。酒用の長細いレジ袋に入れてあったはずだが、それを捲って剥がす音まで分かる。

やがて、というかその後は、バシンと乱暴にドアの閉じられる音がして、あっという間に二人は階段を駆け下りるようにして帰ってきた。

確か桐山君という茶髪の子が、埃だらけの例の酒瓶を抱えている。普通に重そうで、中身はちゃんと入っているようだった。

「いやー……」高橋君が鍵を私に差し出して言った。

「たったこれだけの作業だったけど、怖いっすねえ。廃墟巡りなんかする奴の気持ちが分かりませんよ」

そう言って、六畳間の卓袱台の上に持ち帰った酒瓶を置かせた。

例の文字の消えかけた紙切れを近くからよく見る。うっすらと、滲む前の痕跡があった。

「……これは……『尊霊』だな。なるほど」

「そんりょう？」

「霊魂を敬う言い方だな」

「やっぱ、誰か上で死んだんですかねえ？」

「分からないんだよな」

それから、鋏《はさみ》で油紙を切って剥がした。かなり厳重に幾重にも包装してあり、表面は劣化していたが、瓶と接触している部分は割と新鮮な感じである。

すっかり取り除くと、酒屋で売っていても大丈夫な態で綺麗な茶ガラスの一升瓶がそこにあった。

だが、製造年月日を見ると十二年も前である。

「……これって、関東の酒だな」以前、何処かで飲んだことがあった。

「確か、成田山の参道の真下に水源のある仕込み水を使っているとかいう奴だ」

「……そりゃあ、いかにもアンチゴーストな感じがしますね」

「敬ってるけど、出てきてくれるなっていう？」

何だか都合勝手な話ではある。幽霊は、そういう寄進者の腹づもりを読まないといけない訳だ。

「で、……開ける？」桐山君が言った。

皆が頷く。

開封し、栓を開けた。

別段、変な臭いはしない。

台所からコップを持ってきて、半分ほど中身を注いだ。

薄茶色の、熟成しているのか劣化しているのか不明な液体だった。澱《おり》みたいな物は浮いていないが、心なしかとろみが感じられた。

「誰が味見する？」

何となく皆が私を見たが、

「そりゃあ、言い出しっぺだろう」と、突っぱねた。

高橋君がコップを持ち、見つめ、ちびりと口を付けた。

「うっ！」

たちまち顔色が変わって、コップを置くと洗面所のほうへ走った。

明らかに吐き出して、口を漱《すす》ぐ音が聞こえた。

「……やっぱり腐っている？」

「やっぱなあ」

「日本酒の賞味期限なんて二～三カ月だって言うからなあ」

「……いや」高橋君が戻ってきた。まだ気分が悪そうだ。

「そうじゃなくて、とんでもない味なんですよ」と言う。

「酒といえば酒なんでしょうけど」

妙な好奇心が湧いてきた。

卓袱台の上のコップを持つ。色味は……多分、こういう放置酒に出てくる普通の変化なのだろうと思える。……多分。……多分だが。

「おお」

「勇者が現れた」

周囲が囃《はや》しだしたが、こちらはそれどころではない。

高橋君と同じように、ちびりと口に含む。

「……？」

意外なことにアルコール感はあった。あったが、何だこの味？　何というのか、全く馴染みのない味だ。

我慢できずに、私も洗面所に走った。とても飲み込めるような代物ではない。

「酷いでしょう？」

散々うがいをして、帰ってくると高橋君がにやついていた。

「酷いな。あり得ない」

　その後も、代わる代わる結局全員が味見をしたが、飲み込む勇気を迸らせた人間は一人もいなかった。

例の足音は、あれから一向に聞こえず、夜も遅くなったため前代未聞の幽霊酒の試飲会はこの後、お開きとなった。


翌日の午前中に一階の駐車場で、高橋君と顔を合わせた。

明らかに寝不足のようで、普段は身綺麗なイケメンなのに髪もボサボサである。

「それがですね。……あれから朝まで足音が酷くって……。あれって怒ってるんですかね。さすがに怖くなっちゃって、ずっと起きてました」

「……へえ」身から出た錆《さび》だとは思ったが、

「それは、大変だな。どうにかしないとな」

と、一応お見舞いを言っておいた。

……どうせなら、もっとガツンとした霊体験をお見舞いされてもらったほうが、こちらとしてはネタになってありがたいのだが。

「で、考えたんですけど。やっぱり、普通の酒では幽霊封じの効力が弱いんじゃないですかねえ」

「かもなあ」

「なので、そういうのと取り替えようと思うんですが」

「あの幽霊酒を元に戻す？」

「残りは捨てちゃいましたよ」

「じゃあ、あの元々置いてあった、あの銘柄の日本酒を探すのかい？」

「こっちじゃ手に入りませんし、取り寄せてもらうにも日数が掛かるでしょうね」

じゃあ、どうするんだ、と言おうとして、高橋君の腹づもりが急に分かった。

「……いろいろ置いてみて実験するんだな？」

「手近な奴で、何が効くのかやってみましょうよ。昨日のメンバーには、その旨メールしてあります。雨宮さんも何か持ってきてください」


そんな訳で俄《にわか》心霊マニアに堕《お》ちた面々が、またその夜集合した。

各々が、何やら怪しげな酒瓶を抱えている。直前まで披露しない趣旨だったので、紙袋などで皆覆われていた。

取りあえず、時間潰しの雑談が始まり、ビールの缶が北九州市指定のゴミ袋を一杯にした頃、ようやく零時を回った。

また阿弥陀籤が書かれたレポート用紙をひらひらさせて、高橋君が言う。

「では、そろそろ頃合いだと思われますので、皆さん準備をお願いします。一番手は、進藤君」

一人がおもむろに立ち上がった。

持っていた紙袋を剥くと、純米大吟醸の一升瓶が現れた。

「自分の地元、八女が誇る逸品であります」

「確かに、それは旨いもんな……」

幽霊なんかに晒して、味が落ちる前に飲みたいものだが、もはや雰囲気的にその願いは叶いそうもなかった。

「では、行ってきます」

落として割ったりしないように、鍵を持った高橋君がフォローに付いた。

数分後、昨日運び込んだ酒瓶を持って二人が帰ってくる。

「足音は？」

「今日は、まだ聞こえていないな」

だが、しばらくしてタタタタタと明らかに軽めの足音が聞こえ始めた。

「昨日のと違う？」

「子供みたい」

「幽霊が増えた？」

あれは、高橋君が入居する前にこの部屋から聞こえていた足音だった。……ということは、移動したのか？　それとも、根源は同じなのか？

私が口に出せずに悩んでいるうちに、八女の酒は効果なしと判断されて、二番手が出陣した。

これも、地元の酒だが同じような結果となった。

その次も同じ。

そして、高橋君の番になった。

彼が台所の冷蔵庫と流しの隙間から取り出したのは、よくある「鬼ごろし」。しかも小さい紙パックの奴がレジ袋にごっそりと入れてある。

「それは……悪酔いするので有名なんじゃ」

「逆転の発想ですよ」

何がどう逆転の発想なのか理解し難かったが、高橋君は意気揚々と五階へ上がっていった。

そして、前回置いてきた一升瓶を抱えて戻ってきて、耳を澄ます。

するとまた子供の足音が始まり、別方向から元々聞こえていたような重量感のある足音が往復し始めた。

「逆転どころか、逆効果じゃないか」

「……鬼殺しだから、幽霊もいけるんじゃないかと思ったんですけどね」

「それはネーミングだけだろう」

上はえらいことになってるんじゃないかと思っていると、

「次は、雨宮さんの番ですよ」と、言われた。

皆が、一斉に私の紙袋を見つめる。

「ふふふ……」

全然自信がなかったが、思い切りもったいを付けてそれを取り出した。

「……料理酒？」

皆が唖然とする。

スーパーの食品売り場に置いてある、ペットボトルの奴だ。

「食塩が添加された酒だ。……塩と酒、これほど幽霊に効くものはないはずだろう？」

「なるほど」

思い付きのケレンに皆が騙されているうちに、さっさと五階へ向かった。

懐中電灯で照らして向かう先は、自分が住んでいる建物内のはずなのに、何故か今まで行ったどんな心霊廃墟より迫力があった。

鉄扉を開けて、中を照らす。せっかくなのでよく見ておこうと思ったが、それは思っただけで瞬間的に入れ替え作業を行ってしまい、階段を踏み外しそうな態で高橋君の部屋へ戻った。

入り口で息を整えて中へ入る。

入った途端、ダダダダと言うような、今までで一番激しい足音が頭上を走り抜けていった。

「あーあ、完全に怒らせちゃった」

「そもそも、それって鎮魂の酒じゃないですもん」

「喧嘩売ってますよね、それ」

冷ややかな視線が、一斉に注がれる。

……だって、そのほうが絶対にネタになるんだもん、と胸の内で呟く。

「ラストは、桐山君です」

桐山君は、傍らに置いてあったトートバッグの中から、見慣れない黒い瓶を取り出した。

「何だそれ？」

「洋酒？」

ラベルを見ると、どうやら『ガンメルダンスク』と読める。その下には『ビタードラム』とあった。

「デンマーク王室御用達の薬草酒です。二十九種類のハーブとスパイスが入っています。ナツメグ、アニス、ジンジャー、ローレル、シナモン、スターアニス等ですね。そしてセイヨウナナカマドの実も」

「だから？」

「ナナカマドは魔女の霊薬として有名です。それに中世ヨーロッパで死霊を封印する際には、ナナカマドの材で楔《くさび》を作り、屍の身体に打ち込んでいたとか」

「……だから？」

「……うーん、何となく効きそうだなと」

「何となくかよ」

だがしかし、洋酒を持ってくると言う発想は他のメンバーにはなかった。

それこそ何となく期待して待っていると、料理酒を持った桐山君が帰ってきた。

「……どう？」

「足音しなくなったな」

「パッタリだな」

「面食らってるんじゃないか？」

ガンメルダンスクを置いてきた途端、あれほど騒がしかった足音は止んでしまい、そしてそれ以後二度と聞こえることはなかったのである。

翌朝、というかお開きになった後自室で三時間ほど寝たのだが、何故か意外にスッキリ目が覚めてしまい、溜まっていたゴミのことを思い出した。

時計を見ると、まだ六時前だった。

〈……涼しいうちに出しておくか〉

面倒ではあるが、仕方がない。

起きだして、ゴミを纏《まと》め自室のドアを半開きにしたとき、突然、上階への階段の踊り場のほうから猛烈な犬の吠え声がした。

そして、黒っぽいのと赤茶色っぽい二頭の巨大な洋犬らしきものが、身を擦り合わせるようにして走り降りてきた。

尋常な迫力ではなく、二頭の巨体は階段の幅一杯に見えた。

慌ててドアを閉じる。

……野犬？　この辺りでは、全く見かけたことはないのだが。

それにしても、あの大きさは野犬の範疇《はんちゅう》を超えている。非常に危険だった。

二頭の犬はドアの前の廊下を盛んに行き来しているようで、息遣いまではっきり聞こえた。しかも、威嚇するような唸り声をずっと上げている。

だが、しばらくしてようやく階下へ走っていく気配がした。

〈子供にでも出くわしたら？〉

気になったので、警察へ携帯から一報した。巡視のパトカーへ連絡するとのこと。

小一時間くらい様子を見て、恐る恐る外へ出てみた。

犬はもう、いないようだった。


夕方、高橋君がやってきた。

足音は、あれからさっぱり聞こえない。実によく眠れたとのこと。

「で、五階へ行く階段の途中に変なものがあるんですよね」と、言う。

「変なもの？」

行ってみると、まるで五階から這い降りてきたような感じで、蛇が一匹死んでいた。青大将の大きな奴である。

幾分干涸《ひか》らびているようだが、腹の辺りはまだ半生の感じだ。

「夕べはこんなもの、なかったですよね？」

「なかったな」

暗かったとはいえ、こんなに堂々と横たわっていたら厭でも目に入るはずだ。

「怪談の材料ができて良かったですね」

「……そういえば、朝方、別の材料がうろついていたぞ」

例の野犬の話をする。

ピンと来なかったが、あれも怪談の要素として考えてみると、確かにそういう違和感があった。

……犬が巨大すぎる。

冷静に考えてみて、あんなマッチョな犬種がいるのだろうか？　どうにも見覚えがなかった。

「ひょっとして、いろいろここから逃げ出しているんじゃないか？　何だかよく分からないけれど……何だかよく分からない霊的居住者的な何かが」

「……すると、この蛇は所謂ここのヌシですか？」

「ヌシねえ……。久しぶりに聞いたな」

そのほうが怪談的にはありがたいが、しかし目の前にあるのはリアルな爬虫類《はちゅう》の死骸である。

既に蝿も集《たか》ってきていたので、割り箸で摘まんで北九州市指定のゴミ袋へ入れ、丁重に燃えるゴミのステーションへと運んだ。

数日して、夕方に高橋君がやってきた。

脇にガンメルダンスクの黒い瓶をぶら下げている。

「五階から持ってきたのか？」

「いえいえ、新たに手に入れたんですよ。これ面白いですよ。とにかく飲んでみてください」

早速ショットグラスに注ぐと、何やら黒っぽい液体だ。

「この感じ……」強い既視感《デジャ・ヴ》を覚えた。

飲んでみると、およそ日本人には馴染みのない異形の風味が舌を捻らせた。薬草の苦みが喉の奥にまで広がり、とにかく後口がキツい。何だか背筋がゾクゾクする。

「この味は……」

「似ているでしょう？」

「似ているな」

あのとき、五階から持って降りた、油紙に包まれた経年変化した日本酒の味によく似ていた。

「まあ、そういうことなんでしょうね」と、高橋君。

「……まあ、そういうことなんだろうな」

本当は腑に落ちないのだが、そういうことにしておこうと思った。

ガンメルダンスクは、飲み慣れるとまたつい手を出してしまうから不思議で、以来切らしたことがない。

お勧めはトニック割りだが、ショットで飲む場合はビールをチェイサーにすると更に旨く感じる。

まあ、殊更《ことさら》旨く感じるのは……ビールのほうなのだが。

あとがき×あとがき

――今回、雨宮さんと戸神さんは初めてタッグを組んだわけですが、雨宮さんから見て戸神さんの怪談の印象はいかがでしたでしょう。

雨宮淳司　戸神さんの怪談は概ね短いんですが『恐怖箱 深怪』を読んでいて最初にちょっと衝撃を受けたのは「緑煙」でしたね。

――ほう。

雨宮　何か動物とかが死ぬときに緑の煙が見えるという、まあ、ありがちな話から始まるんですが、だんだんと体験者の生い立ちとか家庭環境が絡まってきて。ちょっと冷めた性格の体験者が、ようやく情を感じた女の子に死なれるんですがこの枚数でよく書けたなと。

――雨宮さんだったら大作怪談になってた?

雨宮　そりゃもう間違いないですね。サックリ終わるところで気持ちがちゃんと伝わるから凄いです。

戸神重明　雨宮先生の過去の実話怪談は素晴らしいものが沢山あるのですが、私にとって特に印象に残っているのは「あの女医」「すわす」「丸くなるまで」「二十三夜」あたりですね。「丸くなるまで」はダンゴムシをテーマにして、こういう怪談が書けるんだなあ、凄いな！　と驚いた覚えがあります。昆虫やそれに近い動物が好きなので、かなり印象に残りました。あと、今回は四季に関わる怪談を集めてみたんですけど、再現するに当たって参考にさせていただいたのが「二十三夜」でした。（良い意味で）影響を受けています。

――互いに影響を受け合った、と。ちなみに本書で印象に残ったものってありました？

雨宮　「お化け屋敷の娘」。この手の救いのないのはなかなか書けません。『深怪』の霊感少女がどんどん零落《れいらく》するのも好きなんですけどね。それと、「狙われた娘」ですね。

――戸神さんはいかがでした？

戸神　「大首」「最強の酒」ですね。「大首」でいきなりアシダカグモが出てきますが、群馬県にはいないので、私にとっては憧れの蜘蛛《くも》なんです。地域色を感じて面白かったのと、謎を残した結末が不思議議で、読み応えのある怪談だと思いました。インド人の少女がどうなってしまったのか、とても気になりますね。逆にコメディー的な要素があって面白かったのが「最強の酒」です。巨大な洋犬が出てくる件が実に素晴らしい！　ガンメルダンスク、私も飲んでみたいです。

――癖のある酒と言えば、スーズやフェルネット・ブランカなんかも凄い味しますよね。

戸神　何となく電気ブランをさらに薬臭くしたような風味をイメージしたのですが、どうなんでしょうか？　体験者のシチュエーションの再現に必要な細かい描写などが、とても勉強になるお話でした。

――雨宮さんと言えば、医療現場の他に酒とうらぶれた街と昭和の、少し懐かしい感じの時代の話をよく見つけてらっしゃいますよね。その時代や現場を再現するため当時の文物について、いつも詳しく書かれています。……たぶん、それで大長編怪談に。

戸神　私も雨宮先生の数々の怪談を読んできて影響を受け、長い怪談を書いてみたいと思ったことはあるのですが、なかなか良い怪談になりません。ですから、これだけの長さのものを書かれるパワーや取材した話を読ませるものに仕上げていくテクニックに憧れますし、素晴らしいと思います。また、私が知らなかった知識情報がよく出てくるので、読むと大変勉強になりますね。

――そうですね。

戸神　雨宮先生、拙作への御感想もありがとうございます！　今後の励みになります！　今回はデビュー前から怪談を拝読してきた雨宮先生と組ませていただきまして、大変光栄に思っております。それでは、魔多《また》の鬼界《きかい》に！

二〇一六年九月　　雨宮淳司＋戸神重明

竹書房ホラー文庫、愛読者キャンペーン！

心霊怪談番組「怪談図書館's黄泉がたりDX」

*怪談朗読などの心霊怪談動画番組が無料で楽しめます！

＊10月発売のホラー文庫3冊（「奇々耳草紙　死怨」「百万人の恐い話　呪霊物件」「恐怖箱　煉獄怪談」）をお買い上げいただくと番組「怪談図書館'S黄泉がたりDX-28」「怪談図書館'S黄泉がたりDX-29」「怪談図書館'S黄泉がたりDX-30」全てご覧いただけます。

＊本書からは「怪談図書館's黄泉がたりDX-30」のみご覧いただけます。

＊番組は期間限定で更新する予定です。

＊携帯端末（携帯電話・スマートフォン・タブレット端末など）からの動画視聴には、パケット通信料が発生します。

パスワード
mmdwqpp2

QRコードをスマホ、タブレットで読み込む方法

■上にあるQRコードを読み込むには、専用のアプリが必要です。機種によっては最初からインストールされているものもありますから、確認してみてください。

■お手持ちのスマホ、タブレットにQRコード読み取りアプリがなければ、i-Phone,i-Padは「App Store」から、Androidのスマホ、タブレットは「Google play」からインストールしてください。「QRコード」や「バーコード」などと検索すると多くの無料アプリが見つかります。アプリによってはQRコードの読み取りが上手くいかない場合がありますので、その場合はいくつか選んでインストールしてください。

■アプリを起動した際でも、カメラの撮影モードにならない機種がありますが、その場合は別に、QRコードを読み込むメニューがありますので、そちらをご利用ください。

■次に、画面内に大きな四角の枠が表示されます。その枠内に収まるようにQRコードを写してください。上手に読み込むコツは、枠内に大きめに収めることと、被写体QRコードとの距離を調整してピントを合わせることです。

■読み取れない場合は、QRコードが四角い枠からはみ出さないように、かつ大きめに、ピントを合わせて写してください。それと手ぶれも読み取りにくくなる原因ですので、なるべくスマホを動かさないようにしてください。

※本作では体験者の記憶を正確に再現するために、著作権法第三十二条に則り次の歌曲の歌詞を作中で引用しています。
「あなたを・もっと・知りたくて」（作詞／松本隆）
「時の過ぎゆくままに」（作詞／阿久悠）
「もっと接近しましょ」（作詞／ＳＨＯＷ）
「二人だけのセレモニー」（作詞／夏目純）

あなたの体験談をお待ちしています
http://www.chokowa.com/cgi/toukou/

恐怖箱公式サイト
http://www.kyofubako.com/

恐怖箱 煉獄怪談

2016年10月6日　初版第1刷発行

著者　雨宮淳司＋戸神重明
総合監修　加藤 一

カバー　橋元浩明（sowhat.Inc）
発行人　後藤明信
発行所　株式会社　竹書房
〒102-0072　東京都千代田区飯田橋2-7-3
電話 03-3264-1576（代表）
電話 03-3234-6208（編集）
http://www.takeshobo.co.jp
印刷所　中央精版印刷株式会社

定価はカバーに表示しています。
落丁・乱丁本は当社にてお取り替えいたします。

ISBN978-4-8019-0860-4 C0176